DE L'ÉCOLE
Kévin
FORT
INTELLO
JEUX
PUBERTÉ
TÊTU
Lucas
COMPÉTITION
DIFFÉRENCES
FILLE IDÉALE
ROMANTIQUE
SPORTS
xoxox
Pierre
BEAU GOSSE
COPINE
DIRECT
FOOT
INACCESSIBLE
PARTAGE
Valentin
LOURD
MENSONGE
PLEURER
SUSCEPTIBLE
TIMIDE
VULGARITÉ
ZOO

GOUPIL - DOUYÉ - DENTIBLÙ

Secrets de Girlz

Les Garçons de A à Z

Miss JUNGLE!

Scénario : Goupil - Douyé
Dessin : Stefano Bonfanti et Barbara Barbieri
Couleurs : Barbara Barbieri et Tania Boccalini

ISBN : 978-2-874-42749-7

Première édition - Février 2011

Imprimerie PPO graphic, France. Dépôt légal : Février 2011 ; D.2011/0053/223

AMi

PEUT-ON FAIRE AMI/AMIE AVEC UN GARÇON ? BIEN ENTENDU...
JE VOUDRAIS ÊTRE TON PETIT AMI...
QU'EST-CE QUE TU AS DIT ENTRE « TON » ET « AMI » ?
FAIRE COMPRENDRE À UN GARÇON QU'ON VEUT ÊTRE JUSTE SON AMIE...
RIEN, J'AI RIEN DIT...
J'AI CRU ENTENDRE UN MOT... UN MOT EN TOUT PETIT SI TU VOIS CE QUE JE VEUX DIRE ?...
NON, NON, PAS DU TOUT...
... C'EST LOIN D'ÊTRE ÉVIDENT !
JE PRÉFÈRE QUE TU SOIS MON GRAND AMI PLUTÔT QUE MON PETIT AMI, TU COMPRENDS ?
NON, JE NE COMPRENDS PAS, JE SUIS PAS ASSEZ GRAND !
-50%
LES GARÇONS ONT TOUJOURS AUTRE CHOSE EN TÊTE...
POURQUOI TU NE VEUX PAS SORTIR AVEC MOI ?
JE VEUX BIEN SORTIR DANS LA RUE, SORTIR AU CINÉMA, SORTIR FAIRE DES COURSES, MAIS JE NE VEUX PAS SORTIR AVEC TOI !
ET C'EST DIFFICILE DE LEUR FAIRE CHANGER D'AVIS.
MAIS POURQUOI ?
PARCE QUE TU ES MON AMI, JE TE CONNAIS TROP, C'EST COMME SI T'ÉTAIS MON FRÈRE !
CELA DIT, L'AMITIÉ SE TRANSFORME PARFOIS EN AMOUR. ÇA PEUT ÊTRE FORMIDABLE...
AVEC JULIE, ON SE CONNAÎT DEPUIS TOUT PETITS !
J'AIME PAS QUE TU DISES ÇA, J'AI L'IMPRESSION D'ÊTRE UNE GRAND-MÈRE !
... MAIS C'EST PLUS COMPLIQUÉ POUR LES SÉPARATIONS.
EN LE QUITTANT, JE PERDS MON MEILLEUR AMI ET MON PETIT AMI EN MÊME TEMPS !
T'EN FAIS PAS, DEUX DE PERDUS, VINGT DE RETROUVÉS !

BANDE

LE GARÇON PRÉFÈRE SE DÉPLACER EN BANDE.
T'ES TROP JOLIE, MADEMOISELLE !
VOUS ALLEZ PAR LÀ, JE PEUX VOUS ACCOMPAGNER...
T'ES CON, TOI !
LA BANDE, C'EST SON REFUGE, SON NID...
ALLEZ, QUOI, DIS OUI, FAIS PAS TA BÊCHEUSE !
TAIS-TOI, TU L'INTIMIDES, PAS VRAI MADEMOISELLE QU'IL VOUS INTIMIDE ?
ENTOURÉ DE SES COPAINS, LE GARÇON SE SENT SUPER-FORT
MOI JE VOUS INTIMIDE PAS, PAS VRAI MADEMOISELLE QUI EST TROP JOLIE ?
RÉPONDEZ-NOUS, ALLEZ, QUOI ?
LES COPAINS, ÇA SOUTIENT, ÇA DONNE DU COURAGE...
ALLEZ, MADEMOISELLE, UN PETIT SOURIRE, VOUS EN AVEZ UN ?
ON N'EST PAS MÉCHANTS, ON VEUT JUSTE UN SOURIRE...
PARCE QUE LE GARÇON, QUAND IL N'A PLUS SA BANDE, EH BEN, C'EST PAS PAREIL !
TU M'AS DEMANDÉ QUELQUE CHOSE ?
LE GARÇON SE SENT UN PETIT PEU TOUT NU !
HEIN ? QUI ÇA ? MOI ?... NON, NON...
MAIS EUH, BON, SI VOUS POUVIEZ REGARDER AILLEURS, ÇA M'ARRANGERAIT ?!

BARBE (ET POILS)

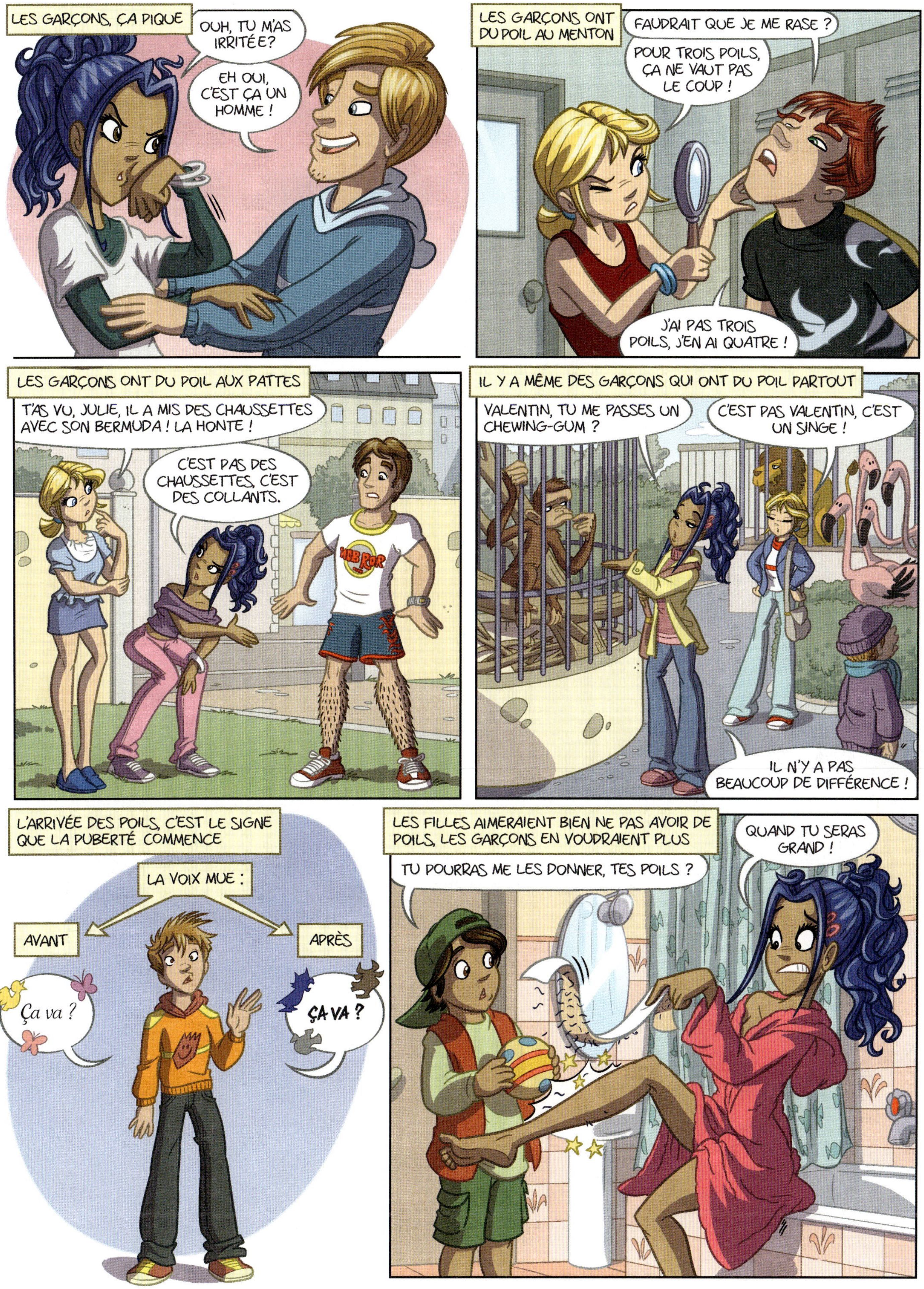

Beau Gosse

PARTOUT, ON NE REMARQUE QUE LUI : **LE BEAU GOSSE** !
TE RETOURNE PAS, TE RETOURNE PAS... IL NE FAUT PAS QU'IL SE SENTE ADMIRÉ
S'IL TE PLAÎT, LAISSE-MOI LE REGARDER ! DEUX SECONDES SEULEMENT...
LE BEAU GOSSE EST AGAÇANT PARCE QUE : 1) IL EST BEAU ET IL LE SAIT
MIROIR, EST-CE QUE JE SUIS LE PLUS BEAU ?
TU RÊVES, MON POTE !
2) IL A LA CLASSE SANS RIEN FAIRE DE SPÉCIAL
POURQUOI ON A L'AIR D'UN SAC À PATATES QUAND ON MET UN JOGGING, ALORS QUE LUI, IL EST SUPER-TOP ?
L'ÉGALITÉ HOMME-FEMME, C'EST PAS ENCORE POUR AUJOURD'HUI !
3) IL EST BON EN TOUT
QUI VEUT EXTRAIRE LA RACINE CARRÉE DE 673 EN FAISANT UN 100 MÈTRES-HAIES ?
BREF, LE BEAU GOSSE EST PARFAIT. ET C'EST INSUPPORTABLE !
IL M'ÉNERVE ! IL M'ÉNERVE ! IL M'ÉNERVE !
SURTOUT QUE TOUTES LES FILLES EN SONT FOLLES...
QU'EST-CE QU'IL T'A FAIT ?
RIEN ! IL NE M'A RIEN FAIT, IL NE M'A MÊME PAS DRAGUÉE ET ÇA M'ÉNERVE !
PAR EXTENSION, LE BEAU GOSSE EST ÉGALEMENT UN GARÇON QUI RÉUSSIT UN EXPLOIT.
OH LE BEAU GOSSE !
OÙ ÇA, OÙ ÇA ?
T'EMBALLE PAS, C'EST JUSTE ALEX QUI A ENVOYÉ UNE CROTTE DE NEZ SUR LA TÊTE DE BOULET.

CINÉMA

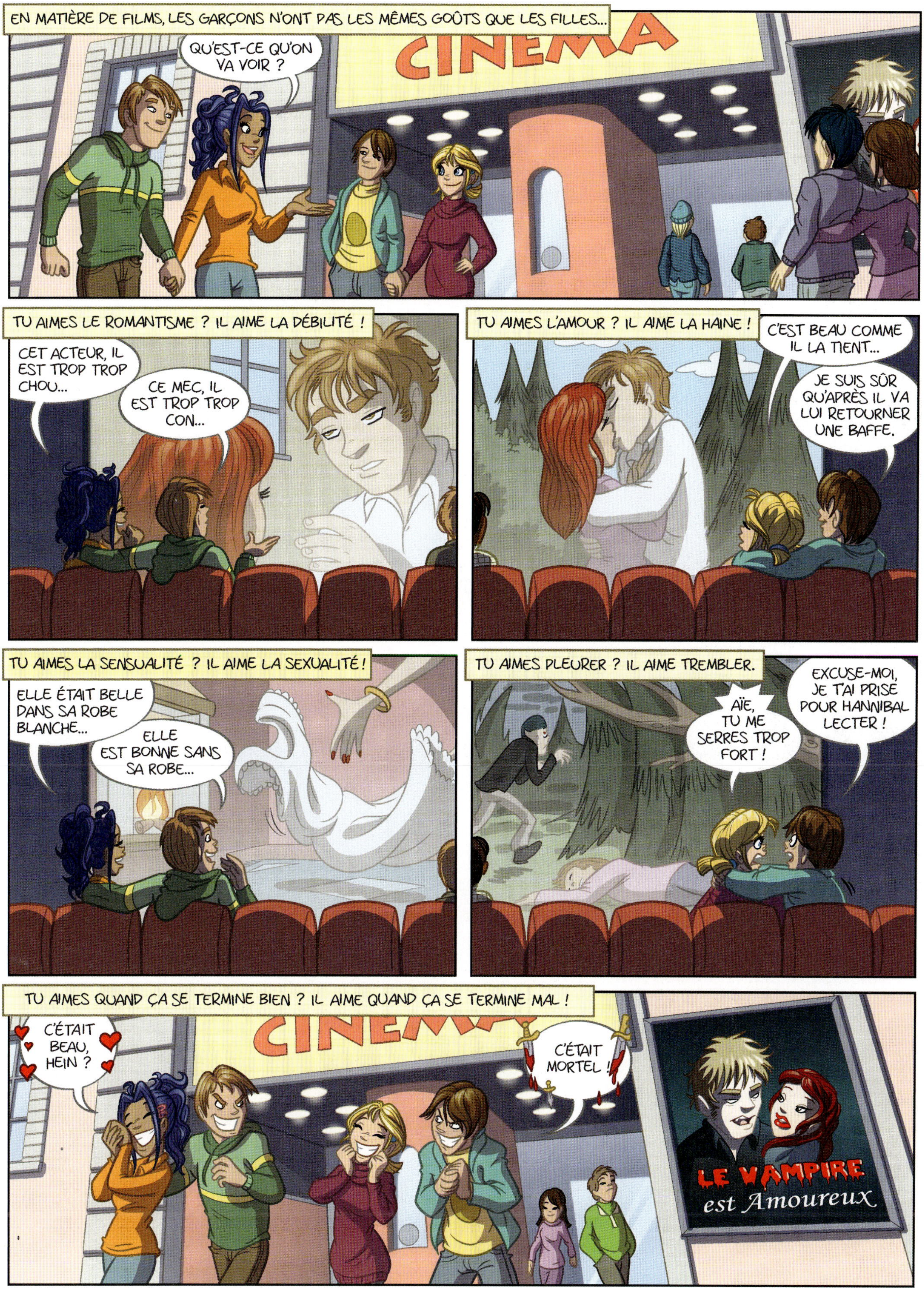
EN MATIÈRE DE FILMS, LES GARÇONS N'ONT PAS LES MÊMES GOÛTS QUE LES FILLES...
QU'EST-CE QU'ON VA VOIR ?
CINEMA
TU AIMES LE ROMANTISME ? IL AIME LA DÉBILITÉ !
CET ACTEUR, IL EST TROP TROP CHOU...
CE MEC, IL EST TROP TROP CON...
TU AIMES L'AMOUR ? IL AIME LA HAINE !
C'EST BEAU COMME IL LA TIENT...
JE SUIS SÛR QU'APRÈS IL VA LUI RETOURNER UNE BAFFE.
TU AIMES LA SENSUALITÉ ? IL AIME LA SEXUALITÉ !
ELLE ÉTAIT BELLE DANS SA ROBE BLANCHE...
ELLE EST BONNE SANS SA ROBE...
TU AIMES PLEURER ? IL AIME TREMBLER.
AÏE, TU ME SERRES TROP FORT !
EXCUSE-MOI, JE T'AI PRISE POUR HANNIBAL LECTER !
TU AIMES QUAND ÇA SE TERMINE BIEN ? IL AIME QUAND ÇA SE TERMINE MAL !
C'ÉTAIT BEAU, HEIN ?
C'ÉTAIT MORTEL !
LE VAMPIRE est Amoureux

Compétition

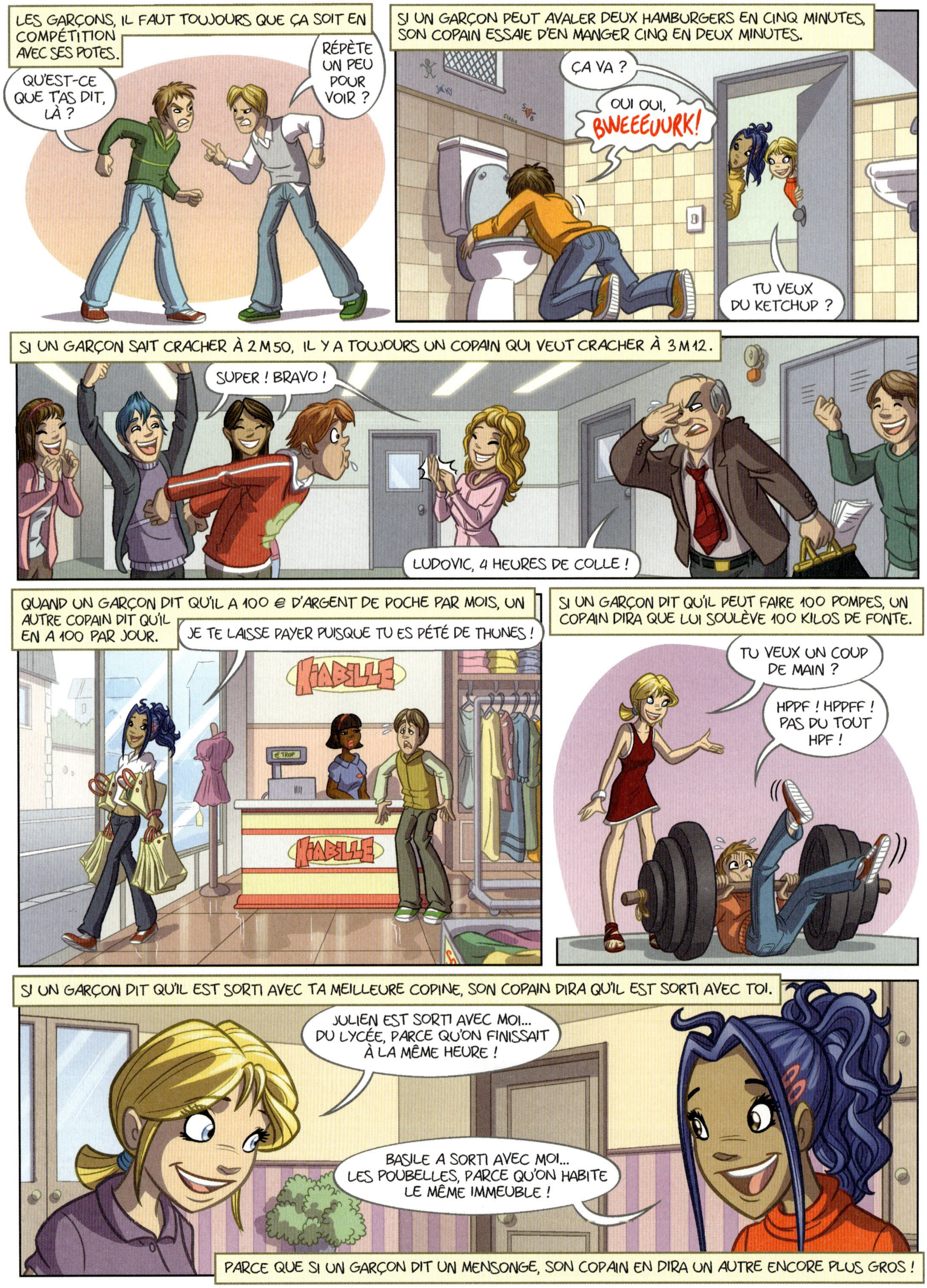

Conversation

Copine

QUAND TA MEILLEURE COPINE SORT AVEC UN GARÇON, BEAUCOUP DE CHOSES CHANGENT
TAP TAP TAP
MAIS QU'EST-CE QU'ELLE FOUT ?!!!
DRIiiiNG DRIiiiNG DRIiiiNG
ELLE A MOINS ENVIE DE TE PARLER
DEPUIS CE MATIN, JE T'APPELLE, POURQUOI TU NE DÉCROCHES PAS ?
J'ÉTAIS OCCUPÉE...
ELLE A MOINS DE TEMPS À TE CONSACRER
ON VA AU CINOCHE, CET APREM ?
BOF, NON...
ELLE N'A PLUS QU'UN SEUL SUJET DE CONVERSATION : SON CHÉRI
T'ES ENCORE ENFERMÉE AVEC GAÉTAN ? PFFFF
IL EST TELLEMENT GÉNIAL, TELLEMENT DRÔLE, TELLEMENT GENTIL, TELLEMENT...
ÇA VA, ÇA VA, J'AI COMPRIS...
ELLE EN ARRIVE MÊME À CHANGER D'AVIS SUR LES GARÇONS !
MAIS NON, IL N'EST PAS IDIOT ! J'AI DIT ÇA COMME ÇA L'AUTRE JOUR PARCE QUE JE NE LE CONNAISSAIS PAS !
JE TE JURE, LUI ET SES COPAINS, ILS SONT TOUS SUPER-SYMPA.
ET ÇA T'ÉNERVE !
HEUREUSEMENT...
VIENS AVEC NOUS, ON PASSE L'APRÈS-MIDI AU STADE AVEC SES COPAINS...
... ELLE VA T'ORGANISER DES SUPER PLANS POUR QUE TU RENCONTRES UN GARÇON TOI AUSSI !

DANSE

DANS LES FÊTES, IL Y A PLEIN DE GARÇONS QUI NE DANSENT PAS
TU Y VAS À LA FÊTE DE TIMOTHÉE ?
ON VA ENCORE DANSER TOUTES LES DEUX ENSEMBLE Y EN A MARRE.
ILS ONT TOUJOURS DE BONNES EXCUSES
NON MERCI, J'AI DES CHAUSSURES NEUVES, J'AI TROP MAL AUX PIEDS...
EN FAIT, ILS N'OSENT PAS !
Y EN A CERTAINS QUI OSENT ET QUI FERAIENT MIEUX DE S'ABSTENIR.
ÉLOIGNE-TOI, TU VAS PRENDRE UN COUP DE POING !
UN GARÇON, ÇA PEUT PASSER UNE SOIRÉE ENTIÈRE SOUDÉ AU CANAPÉ
TU NE MANGES RIEN ?
J'AI PAS FAIM.
AH BON ?!... EH BIEN MOI, JE VAIS REPRENDRE DU SAUCISSON.
TU PEUX M'EN RAPPORTER AVEC DU PAIN ET DU JUS D'ANANAS, S'IL TE PLAÎT ?
SI TU VEUX FAIRE BOUGER UN GARÇON, IL FAUT LE COMPLIMENTER
MAIS NON TU NE DANSES PAS COMME UN ÉLÉPHANT !
FAIS GAFFE, QUAND MÊME, LE PARQUET EST EN TRAIN DE SE FISSURER...
METS-LUI SON MORCEAU PRÉFÉRÉ
J'AURAIS PRÉFÉRÉ UN SLOW, PLUTÔT QUE DU HIP-HOP !
C'EST SÛR, LA CONCURRENCE EST RUDE !
ET SURTOUT, SURTOUT, SURTOUT... NE RIGOLE PAS !
JE TE L'AVAIS DIT QUE CE N'ÉTAIT PAS UNE BONNE IDÉE DE ME FAIRE DANSER !
HA HA HA ! SI, SI... J'AI JAMAIS AUTANT RI ! HI HI HI !

Différences

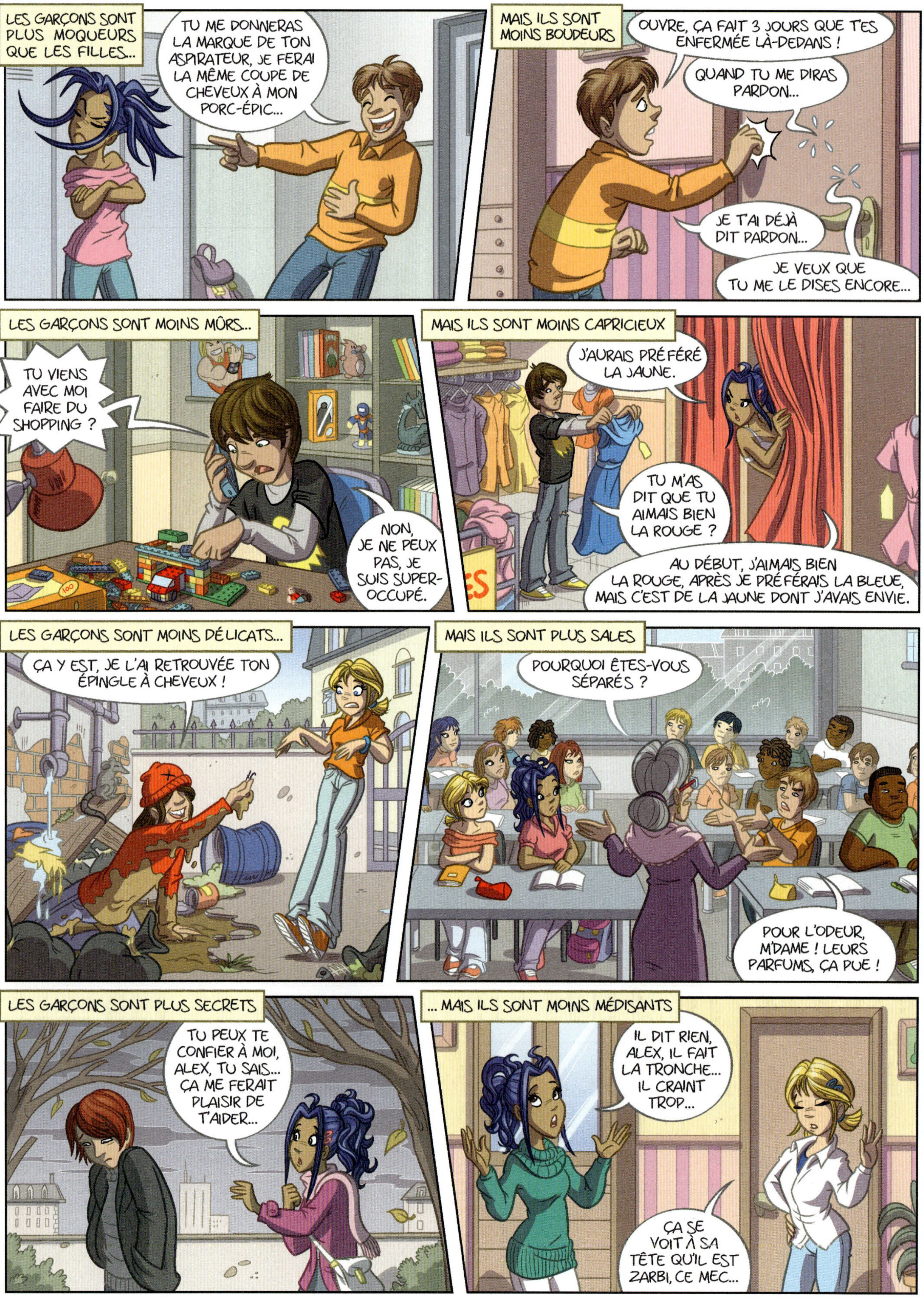

DIRECT
LES GARÇONS SONT BEAUCOUP PLUS DIRECTS QUE LES FILLES...
ELLES SONT MOCHES TES BOUCLES D'OREILLES !
TU POURRAIS ME DIRE AUTRE CHOSE, QUAND MÊME !
T'AS RAISON, EXCUSE-MOI...
QUAND ILS ONT QUELQUE CHOSE À DIRE, ILS VONT DROIT AU BUT
...ELLES NE SONT PAS MOCHES, ELLES SONT IGNOBLES !
IL N'Y A PAS DE SOUS-ENTENDU DANS CE QU'ILS DISENT...
D'AILLEURS, C'EST SIMPLE, J'AI JAMAIS VU DES BOUCLES D'OREILLES AUSSI NAZES !
LEURS PAROLES SONT CLAIRES COMME DE L'EAU DE ROCHE...
POURTANT, J'EN AI VU DES TRUCS HIDEUX, MAIS LÀ, C'EST PREMIER AU TOP 50 !
ILS NE TOURNENT PAS AUTOUR DU POT, COMME ON DIT.
J'EN AI PRESQUE ENVIE DE VOMIR, C'EST DIRE !
MAIS ALORS POURQUOI QUAND IL S'AGIT DE DRAGUER...
RETIRE ÇA TOUT DE SUITE, C'EST INSUPPORTABLE À REGARDER !
...NE DISENT-ILS PAS LES CHOSES AUSSI FRANCHEMENT ?
IL NE T'A PAS MÉNAGÉE !
IL A ENVIE DE SORTIR AVEC MOI, C'EST SÛR !

DRAGUEUR

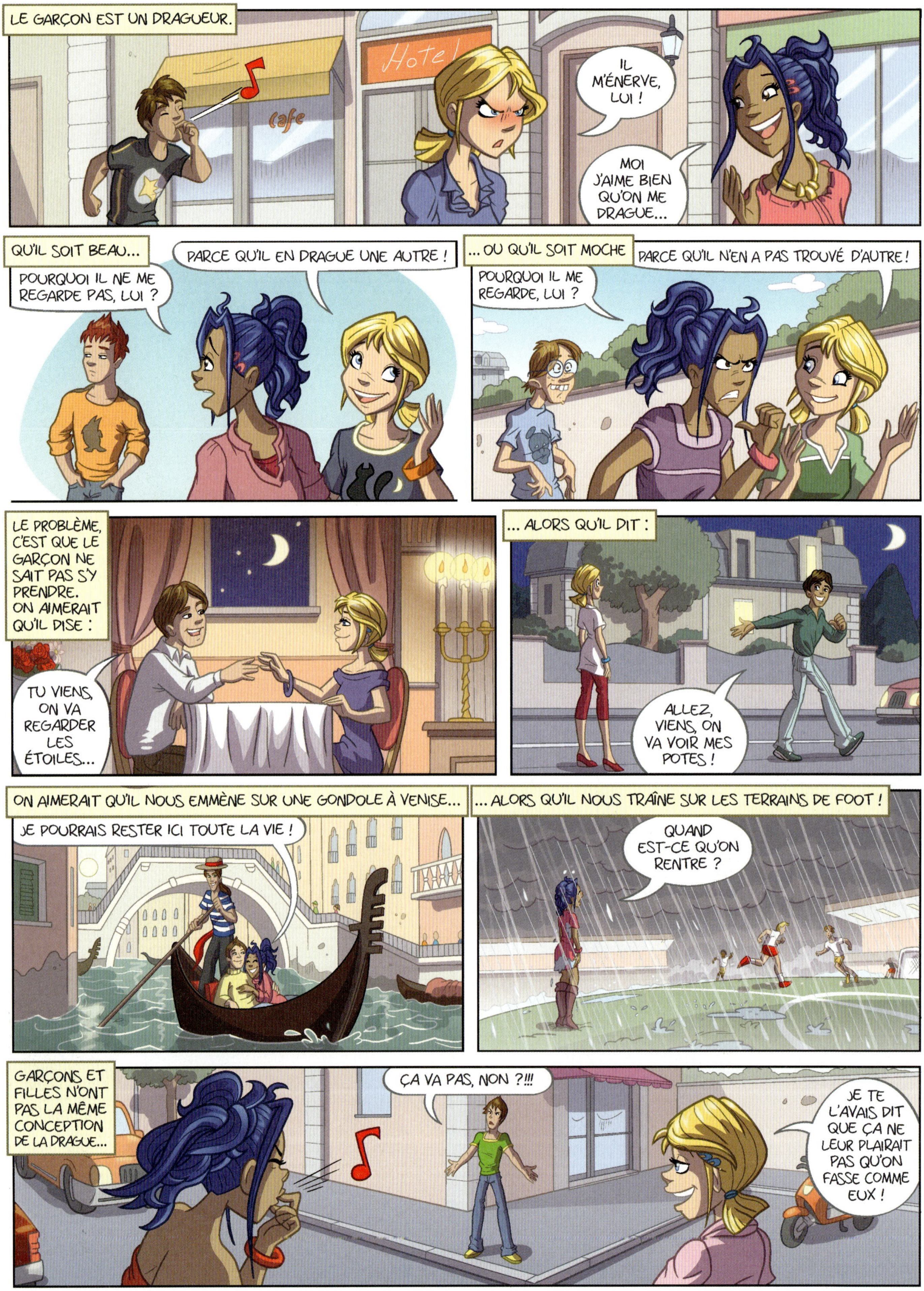

LE GARÇON EST UN DRAGUEUR.
Hotel
cafe
IL M'ÉNERVE, LUI !
MOI J'AIME BIEN QU'ON ME DRAGUE...
QU'IL SOIT BEAU...
POURQUOI IL NE ME REGARDE PAS, LUI ?
PARCE QU'IL EN DRAGUE UNE AUTRE !
... OU QU'IL SOIT MOCHE
POURQUOI IL ME REGARDE, LUI ?
PARCE QU'IL N'EN A PAS TROUVÉ D'AUTRE !
LE PROBLÈME, C'EST QUE LE GARÇON NE SAIT PAS S'Y PRENDRE. ON AIMERAIT QU'IL DISE :
TU VIENS, ON VA REGARDER LES ÉTOILES...
... ALORS QU'IL DIT :
ALLEZ, VIENS, ON VA VOIR MES POTES !
ON AIMERAIT QU'IL NOUS EMMÈNE SUR UNE GONDOLE À VENISE...
JE POURRAIS RESTER ICI TOUTE LA VIE !
... ALORS QU'IL NOUS TRAÎNE SUR LES TERRAINS DE FOOT !
QUAND EST-CE QU'ON RENTRE ?
GARÇONS ET FILLES N'ONT PAS LA MÊME CONCEPTION DE LA DRAGUE...
ÇA VA PAS, NON ?!!!
JE TE L'AVAIS DIT QUE ÇA NE LEUR PLAIRAIT PAS QU'ON FASSE COMME EUX !

FILLE IDÉALE

FILLES

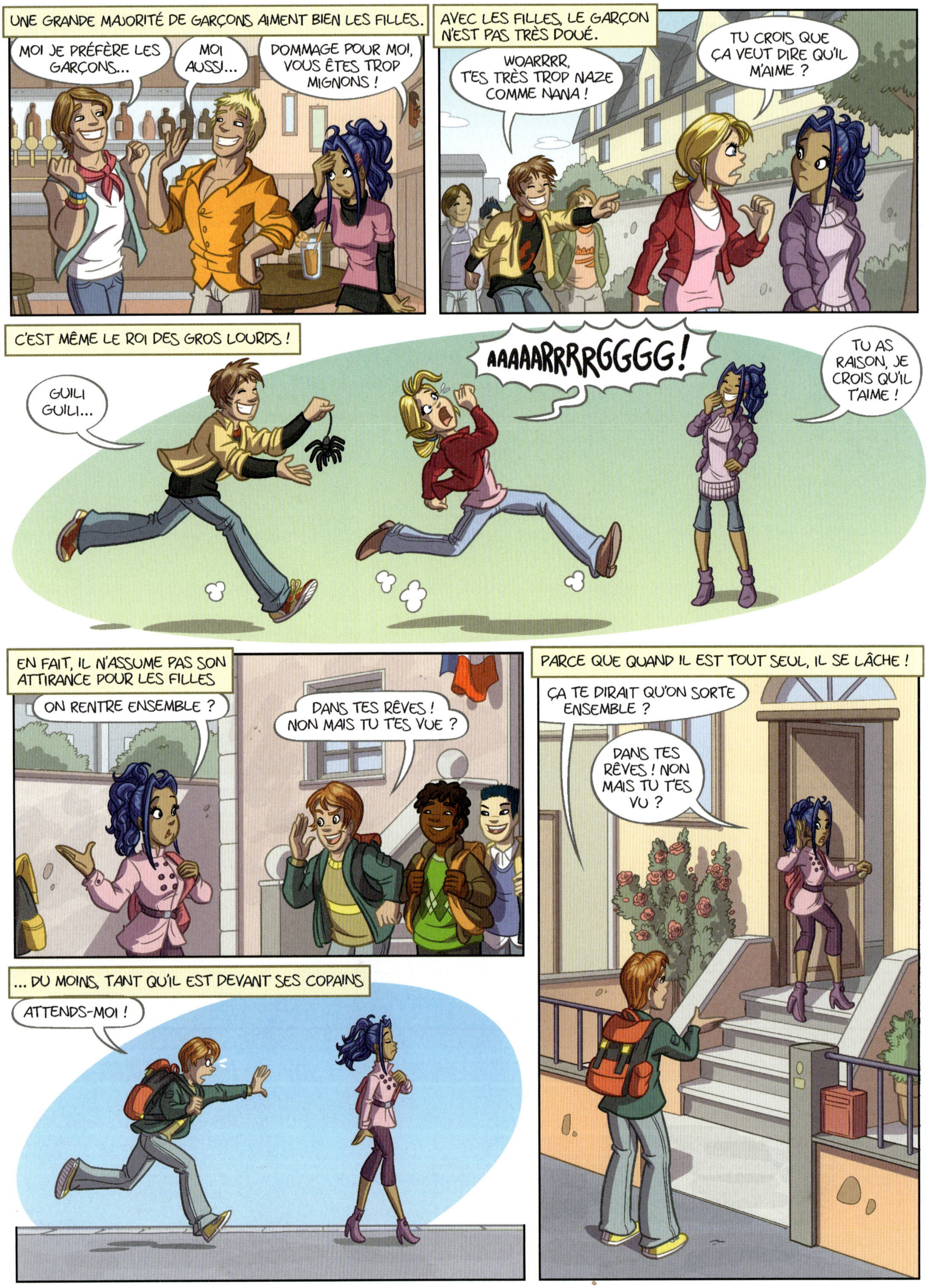
UNE GRANDE MAJORITÉ DE GARÇONS AIMENT BIEN LES FILLES.
MOI JE PRÉFÈRE LES GARÇONS...
MOI AUSSI...
DOMMAGE POUR MOI, VOUS ÊTES TROP MIGNONS !
AVEC LES FILLES, LE GARÇON N'EST PAS TRÈS DOUÉ.
WOARRRR, T'ES TRÈS TROP NAZE COMME NANA !
TU CROIS QUE ÇA VEUT DIRE QU'IL M'AIME ?
C'EST MÊME LE ROI DES GROS LOURDS !
GUILI GUILI...
AAAAARRRRGGGG !
TU AS RAISON, JE CROIS QU'IL T'AIME !
EN FAIT, IL N'ASSUME PAS SON ATTIRANCE POUR LES FILLES
ON RENTRE ENSEMBLE ?
DANS TES RÊVES ! NON MAIS TU T'ES VUE ?
... DU MOINS, TANT QU'IL EST DEVANT SES COPAINS
ATTENDS-MOI !
PARCE QUE QUAND IL EST TOUT SEUL, IL SE LÂCHE !
ÇA TE DIRAIT QU'ON SORTE ENSEMBLE ?
DANS TES RÊVES ! NON MAIS TU T'ES VU ?

FOOT

ÇA NE S'EXPLIQUE PAS, C'EST COMME ÇA, LES GARÇONS SONT TRÈS ATTIRÉS PAR LE FOOT.
C'EST-BEAU-C'EST-BEAU-C'EST-BEAU !
IL VA MARQUER, IL VA MARQUER, IL VA... IL N'A PAS MARQUÉ !
OUH OUH, JE SUIS LÀ, OUH OUH !
TV
AU MILIEU D'UNE CONVERSATION, FAITES L'EXPÉRIENCE DE LÂCHER INNOCEMMENT QUELQUES MOTS COMME :
BLA BLA BLA BLA BLA BLA BLA BLA BLA BLA BLA
3 À 0 !
ZIDANE !
OM-PSG !
LE RÉSULTAT NE SE FAIT PAS ATTENDRE. EN MOINS DE 5 MINUTES...
IL GAGNE 25 MILLIONS PAR AN !
IL A MARQUÉ À LA DERNIÈRE MINUTE...
Y AVAIT PENALTY, C'EST TOUT !
LE GARÇON PENSE FOOT, RESPIRE FOOT, VIT FOOT
ON LEUR A MIS 4-0, ÇA LEUR A FAIT DRÔLE !
TU JOUES AU FOOT ?
NON, MAIS JE LE REGARDE À LA TÉLÉ, C'EST PAREIL.
GRÂCE AU FOOT, LES GARÇONS, C'EST TOUJOURS DANS LA POCHE.
ON SE VOIT CE WEEK-END ?
NON, J'AI PAS LE TEMPS !
DOMMAGE, J'AI DEUX PLACES POUR LE MATCH BORDEAUX-NANTES...
POURQUOI EST-CE QUE LES GARÇONS AIMENT LE FOOT ? ÇA NE S'EXPLIQUE PAS, C'EST COMME ÇA !
T'AS VU LES GONZESSES ?!
CARTON ROUGE !
EN FAIT, CE N'EST PAS TOUT À FAIT VRAI, LES GARÇONS N'AIMENT PAS TOUS LE FOOT...
IL Y EN A QUI PRÉFÈRENT LES VOITURES !

FORCE

LES GARÇONS SONT PLUS FORTS QUE LES FILLES (À QUELQUES EXCEPTIONS PRÈS)...
LA PROCHAINE FOIS QUE TU ME TOUCHES LES FESSES, JE T'ENVOIE À L'HÔPITAL !
FE TE TOUFERAI PLUS, F'EST PROMIS...
C'EST PRATIQUE
C'EST TOUT CE QUE TU AS À DÉMÉNAGER ?
OUI, C'EST TOUT, J'AVAIS JUSTE ENVIE DE PASSER LA JOURNÉE AVEC TOI !
C'EST SÉCURISANT
JE N'AIME PAS QUAND TU SORS LE SOIR...
ON NE SE FAIT JAMAIS EMBÊTER, TU SAIS... PAS VRAI, LUDO ?
C'EST IMPRESSIONNANT
JEANNE, POURQUOI N'AS-TU PAS FAIT TON EXERCICE ?
J'AI PAS EU LE TEMPS...
BON, BEN... EUH... JE TE METS 20 QUAND MÊME...
C'EST CONFORTABLE
TU NE VOUDRAIS PAS FAIRE UN PEU DE MUSCULATION ?
PARCE QUE LÀ, TON ÉPAULE, C'EST UN PEU OSSEUX...
C'EST SEXY
L'HOMME le Plus FORT DU MONDE
FINALEMENT, JE ME DEMANDE SI JE NE PRÉFÈRE PAS LES GARÇONS UN PEU FAIBLES...
TOUT À FAIT D'ACCORD AVEC TOI !

FRIME

UN GARÇON, ÇA VEUT TOUJOURS FAIRE LE MALIN
MADAME BOURRATE A DU POIL AUX PATES
BRAVO POUR CETTE JOLIE RIME, MAIS IL Y A DEUX « T » À PATTES...
UN GARÇON, ÇA SE CROIT TOUJOURS PLUS FORT
TU VEUX FAIRE UN BRAS DE FER AVEC MOI, JULIE ?
POURQUOI TU NE LE FAIS PAS PLUTÔT AVEC MON COUSIN ?
UN GARÇON, ÇA SE CROIT TOUJOURS PLUS INTELLIGENT
6 X 8 ÇA FAIT PAS 52, ÇA FAIT 48.
POUR TOI, ÇA FAIT 48. MAIS POUR MOI, ÇA FAIT 52. MINIMUM !
UN GARÇON, ÇA SE CROIT TOUJOURS PLUS BEAU
TU TROUVES PAS QUE J'AI LA CLASSE ?
C'EST SÛR ! TU VEUX PAS VENIR DANS MON JARDIN, TU SERAIS PARFAIT POUR CHASSER LES MOINEAUX !
SOLDE
UN GARÇON, ÇA SE CROIT TOUJOURS IRRÉSISTIBLE
ELLES SONT TOUTES FOLLES DE MOI, C'EST FATIGANT !
C'EST NORMAL, LES FILLES ADORENT LES DÉBILES.
UN GARÇON, ÇA SE CROIT TOUJOURS INVULNÉRABLE
FINALEMENT, TU N'AS PAS RÉUSSI À LE FAIRE TON DOUBLE SALTO ARRIÈRE AVEC TES ROLLERS ?
SI, PRESQUE !
UN GARÇON, ÇA SE CROIT UNIQUE
Y EN N'A PAS DEUX COMME MOI, HEIN ?
MALHEUREUSEMENT, SI !
BREF, LES GARÇONS, ÇA SE CROIT MEILLEURS QUE LES FILLES !
QU'EST-CE QUI VOUS FAIT RIRE ?
DEVINE !

GROUPE

UN GROUPE DE GARÇONS SE COMPOSE DE :
LE CHEF : IL COMMANDE
LE BRAS DROIT : IL FAIT TOUT COMME LE CHEF
IL EST INTERDIT D'ECRIRE SUR CE MUR
LE RIGOLO : IL FAIT N'IMPORTE QUOI POUR FAIRE RIRE
LE PÉNIBLE : IL S'INCRUSTE MAIS PERSONNE NE VEUT DE LUI
LE GOINFRE : IL MANGE
LE BEAU GOSSE : IL ATTIRE LES FILLES
AUTOUR DE CE NOYAU DUR GRAVITENT DES MEMBRES AUXILIAIRES QUI AIMERAIENT PLUS OU MOINS ÊTRE COPAINS AVEC LE CHEF.
LE CHEF DÉCIDE TOUT. IL FAUT SON ACCORD POUR INTÉGRER LE GROUPE.
OK, TU FAIS PARTIE DU GROUPE JUSQU'À CE QUE J'AIE MANGÉ TOUS LES BONBONS !
BONBONS
PEUT-ON INTÉGRER UN GROUPE DE GARÇONS QUAND ON EST UNE FILLE ?
TU CROIS QU'ILS NE VONT PAS NOUS RECONNAÎTRE ?
TU FAIS QUOI CE SOIR ?
JE SAIS PAS, MAIS PAS AVEC TOI, EN TOUT CAS. J'AIME QUE LES FILLES !
ET NON, ILS NE NOUS ONT PAS RECONNUES !
MAIS ATTENTION, CE N'EST PAR PARCE QUE TU FAIS PARTIE DU GROUPE QUE TU DOIS FAIRE COMME LES AUTRES.
QU'EST-CE QU'ON VA VOIR AU CINOCHE, CHEF ?
QU'EST-CE QU'ON DOIT ÉCOUTER COMME MUSIQUE, CHEF ?
POUR L'INSTANT, ON VA FAIRE UN FOOT !
EH BIEN NOUS, ON VA FAIRE DU SHOPPING !

HUMOUR

HÉ, JEANNE, TU CONNAIS LA DIFFÉRENCE ENTRE TINTIN ET MILOU ?
EH BIEN, MILOU IL N'A PAS DE CHIEN !
MONSIEUR ET MADAME OUQUOI ONT DEUX FILS, COMMENT ILS S'APPELLENT ?
?
TED ET BILL...
???!!???
EH BEN... TED ET BILL OUQUOI... T'ES DÉBILE OU QUOI ?
TU SAIS COMMENT ON DIT « DÉSHABILLE-TOI » EN JAPONAIS ?
TAKATOUKITÉ ! HA HA HA !
T'ES NUL, TOI !
JULIE, TU VEUX MON JOURNAL ?
NON MERCI.
T'AS TORT, Y A DES NOUVELLES FRAÎCHES, JE L'AVAIS RANGÉ AU RÉFRIGÉRATEUR !
TU SAIS CE QUI FAIT "ZZZB, ZZZB..." ?
?!?
C'EST UNE MOUCHE QUI VOLE À L'ENVERS !
DEVINE POURQUOI LES ESCARGOTS TRAVERSENT LA ROUTE QUAND IL PLEUT ?...
EH BEN, C'EST POUR ALLER DE L'AUTRE CÔTÉ, TIENS !
QU'EST-CE QUI EST JAUNE ET QUI VA VITE À TON AVIS ?
EH BIEN C'EST UNE BANANE DE COURSE !
TU ME FATIGUES AVEC TES BLAGUES À DEUX BALLES !
BEN OUI, C'EST AFFLIGEANT, MAIS LES GARÇONS ADORENT RACONTER DES HISTOIRES DRÔLES.
ENFIN, C'EST EUX QUI LES TROUVENT DRÔLES...
PARCE QUE NOUS, HEIN...

INACCESSIBLE

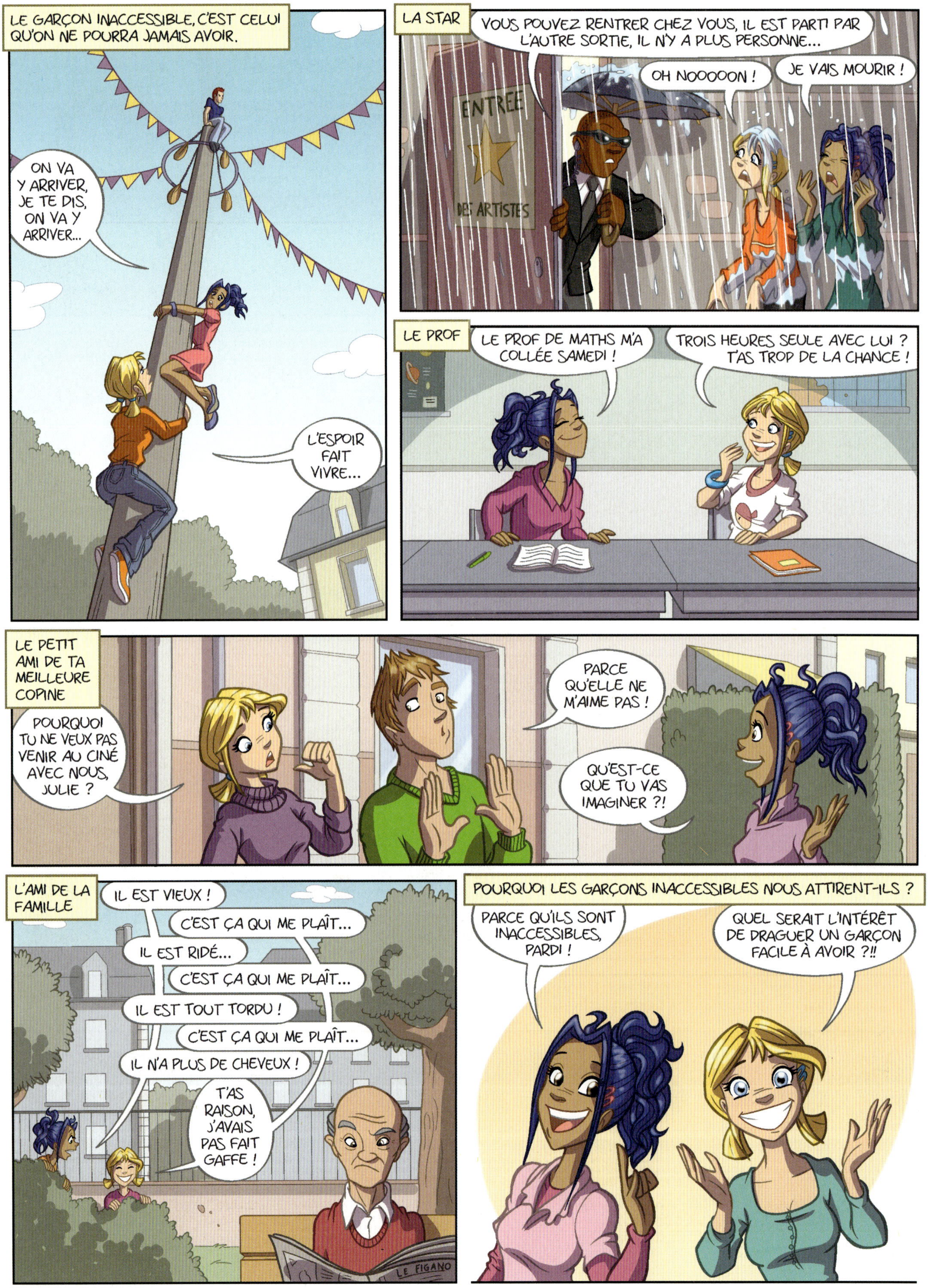

INTELLO

L' INTELLO EST FACILE À REPÉRER : C'EST CELUI QUI LIT PENDANT LA RÉCRÉ.
TU VIENS AVEC NOUS FAIRE UN VOLLEY ?
QUAND J'AURAI FINI MON LIVRE.
TU LIS QUOI ?
LE DICO, J'EN SUIS À « D »...
TU NE LE COMPRENDS PAS
J'ADORE LES MATHS, J'ADORE LE FRANÇAIS, J'ADORE L'HISTOIRE, J'ADORE LA GÉO, J'ADORE LES SCIENCES...
ET AU NIVEAU SÉRIES TÉLÉ, TU AIMES QUOI ?
LES SÉRIES DOCUMENTAIRES SUR LES MATHS, SUR LE FRANÇAIS, SUR L'HISTOIRE, SUR LA GÉO OU SUR LES SCIENCES...
D'AILLEURS, PERSONNE NE LE COMPREND.
COMMENT TU FAIS POUR AVOIR 20 À TOUS LES EXERCICES ?
BEN... JE RÉVISE MES COURS...
MAIS COMMENT TU FAIS POUR AVOIR ENVIE DE RÉVISER ?
L'INTELLO EST SOUVENT LE MAL-AIMÉ DE LA CLASSE
EH BIEN MOI, JE T'AIME BIEN, RÉMI.
C'EST GENTIL.
EN PLUS, DEPUIS QU'ON EST COPAINS, MES NOTES DE MATHS SONT BIEN MEILLEURES.
PEUT-ÊTRE EST-CE PARCE QUE JE FAIS LES DEVOIRS À TA PLACE ?
TU CROIS ?
SI LE PREMIER DE LA CLASSE VEUT SE RAPPROCHER DE TOI, NE LE REJETTE PAS
TU SAVAIS QU'HENRI IV S'APPELAIT EN RÉALITÉ HENRI DE BOURBON ?
LE BOURBON, JE CONNAIS, C'EST COMME DU WHISKY !
C'EST PAS VRAIMENT LA RÉPONSE QUE J'ESPÉRAIS, MAIS JE SUIS CONTENT QUE TU ME RÉPONDES !

JEUX

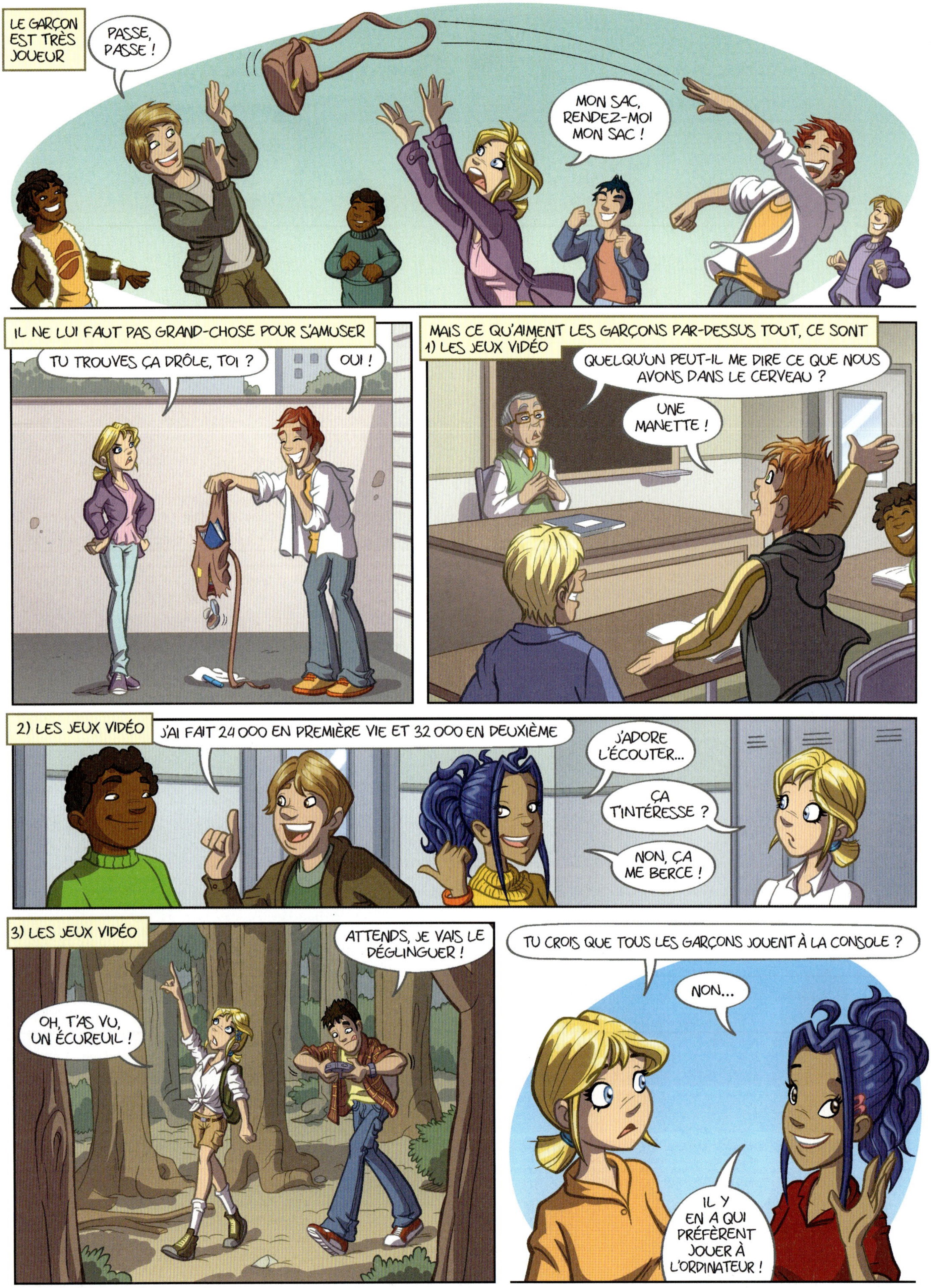
LE GARÇON EST TRÈS JOUEUR
PASSE, PASSE !
MON SAC, RENDEZ-MOI MON SAC !
IL NE LUI FAUT PAS GRAND-CHOSE POUR S'AMUSER
TU TROUVES ÇA DRÔLE, TOI ?
OUI !
MAIS CE QU'AIMENT LES GARÇONS PAR-DESSUS TOUT, CE SONT 1) LES JEUX VIDÉO
QUELQU'UN PEUT-IL ME DIRE CE QUE NOUS AVONS DANS LE CERVEAU ?
UNE MANETTE !
2) LES JEUX VIDÉO
J'AI FAIT 24 000 EN PREMIÈRE VIE ET 32 000 EN DEUXIÈME
J'ADORE L'ÉCOUTER...
ÇA T'INTÉRESSE ?
NON, ÇA ME BERCE !
3) LES JEUX VIDÉO
ATTENDS, JE VAIS LE DÉGLINGUER !
OH, T'AS VU, UN ÉCUREUIL !
TU CROIS QUE TOUS LES GARÇONS JOUENT À LA CONSOLE ?
NON...
IL Y EN A QUI PRÉFÈRENT JOUER À L'ORDINATEUR !

LANGAGE

NOUS LES FILLES, IL PARAÎT QU'ON VIENT DE VÉNUS. LES GARÇONS, EUX, NE VIENNENT PAS DE MARS MAIS D'UNE PLANÈTE ENCORE PLUS ÉLOIGNÉE DONT LE LANGAGE NOUS EST INCONNU...
QU'EST-CE QU'IL DIT ?
J'HÉSITE ENTRE « J'AI FAIM » ET « JE VAIS CHANGER DE CHAUSSETTES »...
APPRENONS À LES COMPRENDRE...
S'IL DIT :
JE T'APPELLE DANS LA SOIRÉE.
IL VEUT DIRE : JE JOUE À LA CONSOLE, JE REGARDE MA SÉRIE, JE DISCUTE AVEC MES POTES ET J'ESSAIE DE PAS T'OUBLIER...
S'IL DIT :
ELLE EST VRAIMENT TROP DRÔLE, JULIE, QU'EST-CE QU'ELLE ME FAIT MARRER !
IL VEUT DIRE : OK ELLE EST MIGNONNE, MAIS JE NE ME VOIS PAS SORTIR AVEC UNE FILLE AUSSI EXTRAVERTIE !
S'IL DIT :
SI TU VEUX, JE PEUX T'ACCOMPAGNER AU CINÉ, SI TU NE SAIS PAS OÙ C'EST.
IL VEUT DIRE : T'AS PAS ENCORE COMPRIS QUE J'AVAIS ENVIE DE SORTIR AVEC TOI ?
S'IL DIT :
PERSONNE NE PEUT ME COMPRENDRE !
IL VEUT DIRE : TU VAS ME LÂCHER, OUI ?!
S'IL DIT :
LES FILLES, VOUS ÊTES VRAIMENT TROP COMPLIQUÉES.
IL VEUT DIRE : TU PEUX RÉPÉTER, S'IL TE PLAÎT, JE COMPRENDS RIEN DE CE QUE TU ME RACONTES !
BAR
S'IL DIT :
J'AI PAS ENVIE D'ALLER DANS UN CAFÉ, JE PRÉFÈRE MARCHER DANS LE PARC.
IL VEUT DIRE : J'AI PLUS UN ROND, COMPTE PAS SUR MOI POUR TE PAYER UN POT !

Loisirs

CONTRAIREMENT À CE QUE TU POURRAIS CROIRE, LES GARÇONS NE PASSENT PAS LEURS JOURNÉES À VANNER LES FILLES.
TU SAIS POURQUOI LES BLONDES RANGENT DES CANETTES VIDES DANS LEUR FRIGO ?
C'EST AU CAS OÙ ELLES RECEVRAIENT UNE COPINE QUI NE VEUT RIEN BOIRE !
HA HA HA !
LES GARÇONS ONT D'AUTRES OCCUPATIONS (HEUREUSEMENT)...
ILS BOUGENT LEURS DOIGTS
J'T'AI EXPLOSÉ, MON POTE !
DANS CINQ MINUTES, T'ES MORT !
ILS REMUENT LEURS PIEDS
HOUUUUUUU !
ILS DÉTENDENT LEURS OREILLES
IL PARAÎT QUE LA MUSIQUE ADOUCIT LES MOEURS...
PAS TOUJOURS, PAS TOUJOURS, LÀ J'AURAIS PLUTÔT DES ENVIES DE MEURTRE...
ILS FONT TRAVAILLER LEUR TÊTE
J'EN SUIS TOUTE RETOURNÉE !
ILS SE DÉGOURDISSENT LES JAMBES.
C'EST PAS BEAU, ÇA ?
C'EST FRACASSANT !
LES GARÇONS FONT-ILS AUSSI FONCTIONNER LEUR CERVEAU ?
HÉ HO ! ON PEUT PAS TOUT FAIRE EN MÊME TEMPS !

Look

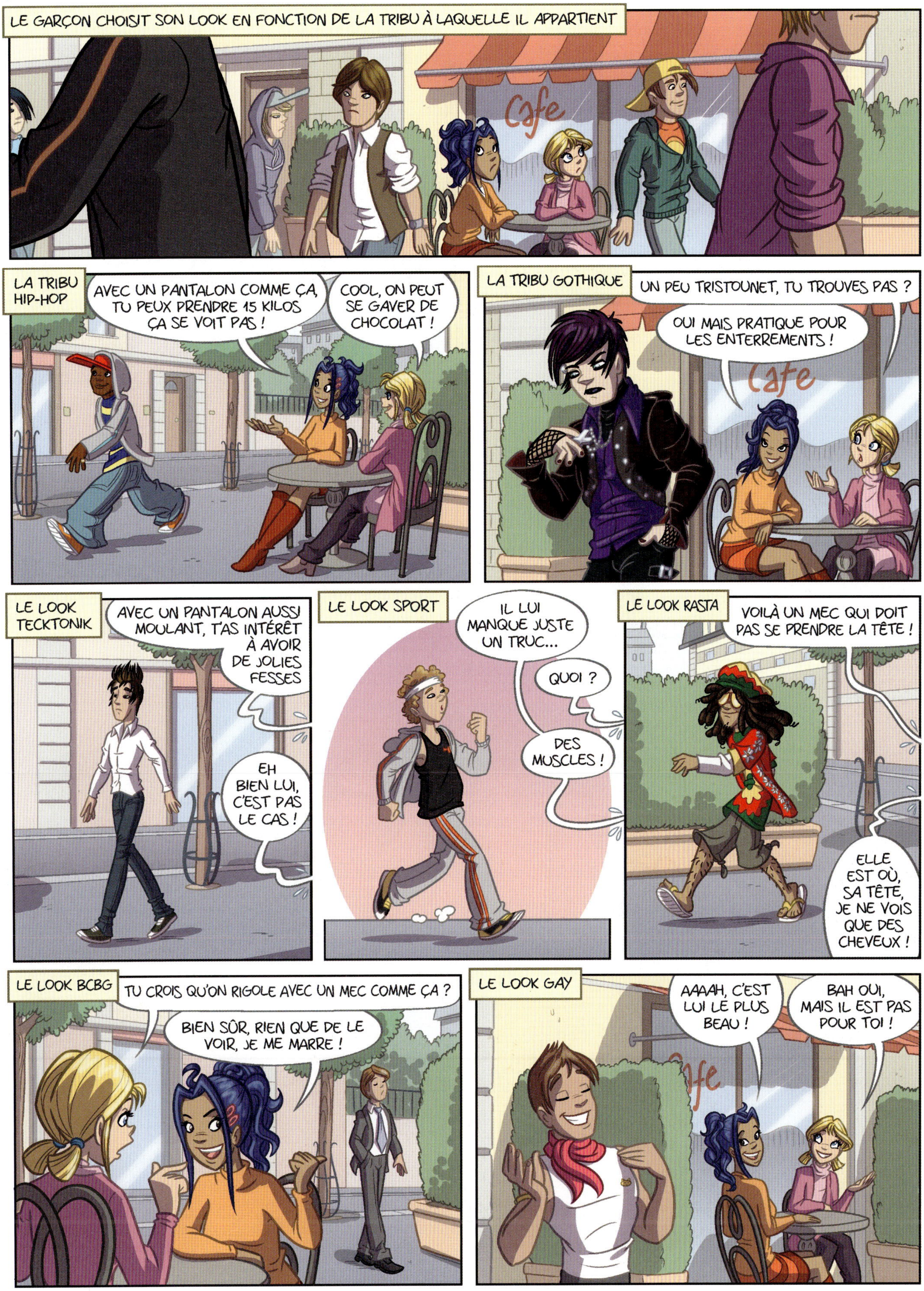

LE GARÇON CHOISIT SON LOOK EN FONCTION DE LA TRIBU À LAQUELLE IL APPARTIENT
LA TRIBU HIP-HOP
AVEC UN PANTALON COMME ÇA, TU PEUX PRENDRE 15 KILOS ÇA SE VOIT PAS !
COOL, ON PEUT SE GAVER DE CHOCOLAT !
LA TRIBU GOTHIQUE
UN PEU TRISTOUNET, TU TROUVES PAS ?
OUI MAIS PRATIQUE POUR LES ENTERREMENTS !
Cafe
LE LOOK TECKTONIK
AVEC UN PANTALON AUSSI MOULANT, T'AS INTÉRÊT À AVOIR DE JOLIES FESSES
EH BIEN LUI, C'EST PAS LE CAS !
LE LOOK SPORT
IL LUI MANQUE JUSTE UN TRUC...
QUOI ?
DES MUSCLES !
LE LOOK RASTA
VOILÀ UN MEC QUI DOIT PAS SE PRENDRE LA TÊTE !
ELLE EST OÙ, SA TÊTE, JE NE VOIS QUE DES CHEVEUX !
LE LOOK BCBG
TU CROIS QU'ON RIGOLE AVEC UN MEC COMME ÇA ?
BIEN SÛR, RIEN QUE DE LE VOIR, JE ME MARRE !
LE LOOK GAY
AAAAH, C'EST LUI LE PLUS BEAU !
BAH OUI, MAIS IL EST PAS POUR TOI !

Lourd

LES GARÇONS NE SONT PAS TOUJOURS TRÈS FINS... POUR RÉPONDRE À LEURS LOURDEURS, IL FAUT DE LA REPARTIE. PETIT COURS...
20 TONNES
QU'EST-CE QU'IL T'ARRIVE, TU TE DÉGONFLES ?
WAOH, T'ES TROP BONNE, TOI !
JE SUIS BONNE MAIS TU N'ES QUE POUSSIÈRE ! DÉGAGE, MICROBE !
JE SUIS SÛR QUE TU ES FOLLE DE MOI !
PERDU, TU ME DOIS 50 EUROS !
ON NE S'EST PAS DÉJÀ RENCONTRÉS QUELQUE PART ?
SI, AU ZOO, À L'ÉPOQUE TU VIVAIS DANS UNE CAGE. ILS T'ONT RELÂCHÉ QUAND ?
SOLDES -50%
QUE JE T'AIMEUH, QUE JE T'AIMEUH !
PITIÉ, IL A DÉJÀ PLU TOUTE LA SEMAINE DERNIÈRE !
SI T'AS BESOIN D'UN HOMME, N'HÉSITE PAS.
POURQUOI, T'AS DES COPAINS QUI PEUVENT M'AIDER ?
TU SAIS QUE TU ME RENDS FOU ?
T'AS ÉTÉ ÉLEVÉ AUX OGM OU T'AS GRANDI PRÈS D'UNE CENTRALE NUCLÉAIRE ?

MENSONGE

LES GARÇONS MENTENT PAR INTÉRÊT
LAISSE-MOI RECOPIER TON DEVOIR DE MATHS PARCE QUE SI J'AI ZÉRO, MON PÈRE VA ME CREVER UN ŒIL !
SI JE TE LAISSE RECOPIER, LE PROF A DIT QU'IL ME CRÈVERAIT LES DEUX YEUX !
LES GARÇONS MENTENT PAR VENGEANCE
J'AI VU TON PETIT COPAIN AVEC JEANNE, HIER...
PUISQU'IL TE TROMPE, TU DEVRAIS FAIRE PAREIL ET SORTIR AVEC MOI...
MERCI DE TA PROPOSITION, MAIS JE SORS DÉJÀ AVEC LE CHÉRI DE JEANNE !
LES GARÇONS MENTENT PARCE QU'ILS SONT MYTHO
À LA PLAGE, C'EST DINGUE, TOUTES LES FILLES EN AVAIENT APRÈS MOI...
POURQUOI JE LES FASCINE AUTANT ?
PEUT-ÊTRE PARCE QUE TU ES BÊTE ET QUE ÇA LES FAIT RIRE ?
LES GARÇONS MENTENT POUR FUIR LEURS RESPONSABILITÉS
TU PEUX M'AIDER À ATTACHER MES LACETS, S'IL TE PLAÎT ?
DÉSOLÉ, JE NE PEUX PAS, MON KINÉ M'INTERDIT DE FAIRE CE MOUVEMENT-LÀ AVEC MES DOIGTS...
LES GARÇONS MENTENT POUR FRIMER
J'AURAIS PU ÊTRE CHAMPION DU MONDE DE TRIPLE SAUT, MAIS J'AI LAISSÉ TOMBER PARCE QUE JE NE VEUX PAS PASSER À LA TÉLÉ !
T'AS PRÉFÉRÉ ÊTRE CHAMPION DU MONDE DES MECS BIDONS ?
LES GARÇONS MENTENT POUR SÉDUIRE
TU VIENS VOIR LE DERNIER "HARRY POTTER", JE JOUE DEDANS !
IL ME SEMBLAIT BIEN QUE TU RESSEMBLAIS À VOLDEMORT !
C'EST DINGUE COMME ILS SONT MENTEURS, LES GARÇONS...
ALORS QUE NOUS, LES FILLES, ON DIT TOUJOURS LA VÉRITÉ !

MÉTIERS

LORSQU'IL EST PETIT, LE GARÇON VEUT ÊTRE PILOTE DE LIGNE OU POMPIER
QU'EST-CE QUE TU VEUX FAIRE QUAND TU SERAS GRAND ?
JE VEUX FAIRE PIN PON PIN PON PIN PON...
MAIS QUAND IL GRANDIT, SON AMBITION CHANGE
ET QU'EST-CE QU'IL VEUT FAIRE COMME MÉTIER CE GRAND GARÇON ?
CHAIS PAS...
ON EST OBLIGÉ DE TRAVAILLER ?
LE GARÇON AIME LES MÉTIERS DE POUVOIR...
EST-CE QUE TU VOUDRAS ÊTRE MA PREMIÈRE DAME DE FRANCE QUAND JE SERAI PRÉSIDENT DE LA RÉPUBLIQUE ?
ET SI C'EST MOI LA PRÉSIDENTE, TU SERAS MA PREMIÈRE DAME ?
... LES MÉTIERS PRESTIGIEUX
MOI, PLUS TARD, JE SERAIS MILLIARDAIRE OU STAR, JE NE SAIS PAS ENCORE...
MOI JE SERAI LES DEUX !
... OU LES MÉTIERS LUDIQUES
TU FAIS QUOI ?
JE RÉVISE PARCE QUE PLUS TARD JE VEUX ÊTRE TESTEUR DE JEUX VIDÉO.
MAIS DANS L'IDÉAL LE GARÇON AIMERAIT PRINCIPALEMENT ÊTRE PAYÉ À NE RIEN FAIRE.
MES PARENTS ME DONNENT DE L'ARGENT DE POCHE SANS RIEN ME DEMANDER EN ÉCHANGE. C'EST UN BON SYSTÈME, JE VEUX CONTINUER COMME ÇA.
IL FAIT QUOI, TON PÈRE ?
FABRICANT DE HAMACS...

MIROIR

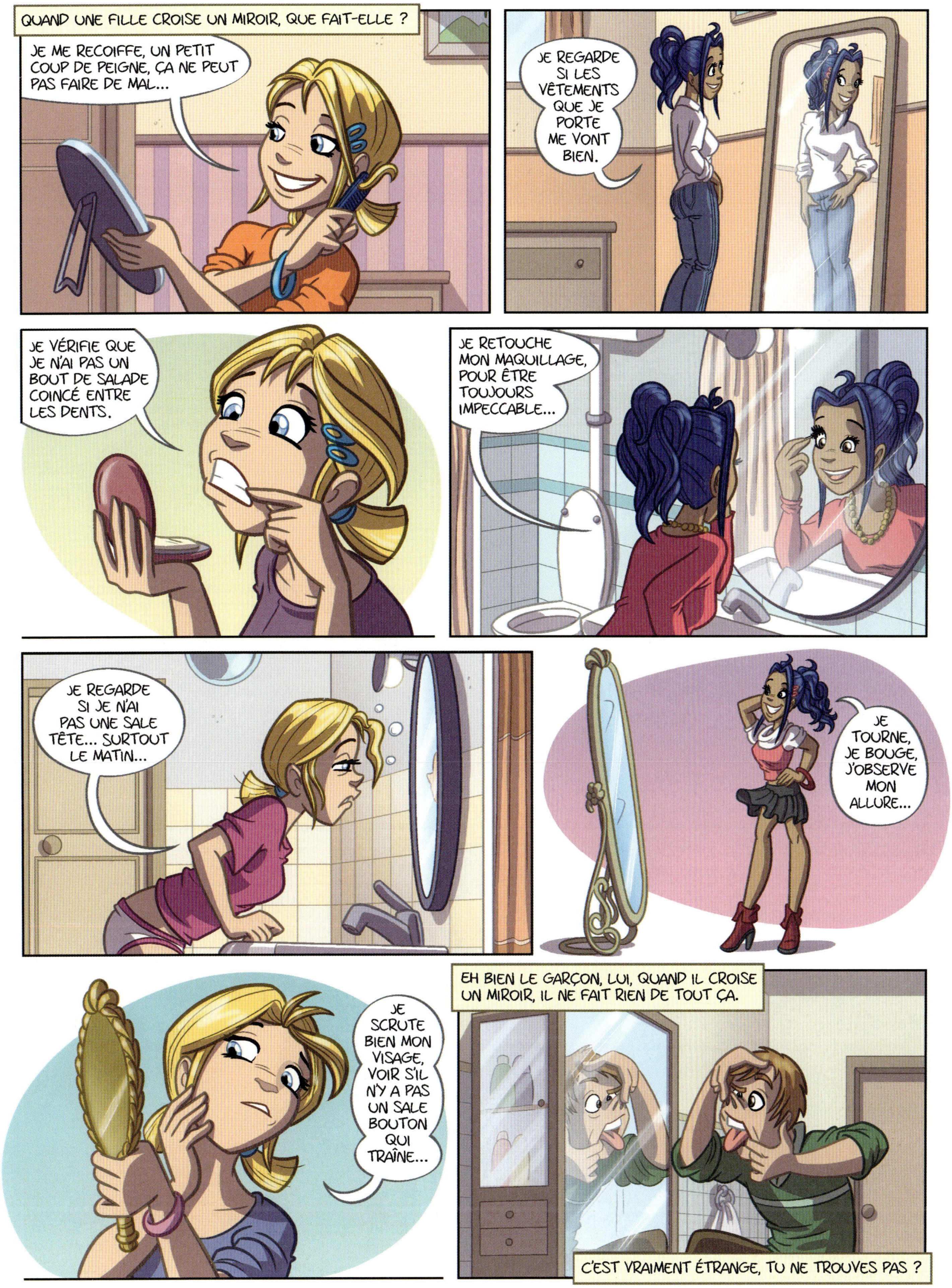
QUAND UNE FILLE CROISE UN MIROIR, QUE FAIT-ELLE ?
JE ME RECOIFFE, UN PETIT COUP DE PEIGNE, ÇA NE PEUT PAS FAIRE DE MAL...
JE REGARDE SI LES VÊTEMENTS QUE JE PORTE ME VONT BIEN.
JE VÉRIFIE QUE JE N'AI PAS UN BOUT DE SALADE COINCÉ ENTRE LES DENTS.
JE RETOUCHE MON MAQUILLAGE, POUR ÊTRE TOUJOURS IMPECCABLE...
JE REGARDE SI JE N'AI PAS UNE SALE TÊTE... SURTOUT LE MATIN...
JE TOURNE, JE BOUGE, J'OBSERVE MON ALLURE...
JE SCRUTE BIEN MON VISAGE, VOIR S'IL N'Y A PAS UN SALE BOUTON QUI TRAÎNE...
EH BIEN LE GARÇON, LUI, QUAND IL CROISE UN MIROIR, IL NE FAIT RIEN DE TOUT ÇA.
C'EST VRAIMENT ÉTRANGE, TU NE TROUVES PAS ?

MOQUEUR

LES GARÇONS SE MOQUENT DE LA FAÇON DONT LES FILLES SONT HABILLÉES
ELLE EST NULLE CETTE JUPE, ELLE NE TE VA PAS DU TOUT !
C'EST SÛR QU'ELLE T'IRAIT MIEUX À TOI, AVEC TES JAMBES POILUES !
ILS SE MOQUENT DES FILLES QUI FONT UN RÉGIME
POURQUOI TU VEUX MAIGRIR ?
POUR NE PAS DEVENIR UN GROS LOURD COMME TOI !
ILS SE MOQUENT DES FILLES QUI PLEURENT
AH LA LA, LES GONZESSES, TOUJOURS À PLEURER POUR DES BROUTILLES.
C'EST QUAND MÊME PAS UNE BROUTILLE DE CONSTATER QUE LES GARÇONS SONT DE GRANDS IDIOTS ?!
ILS SE MOQUENT DES FILLES QUI SONT PLUS FAIBLES
TU NE POURRAIS PAS PORTER UN FRIGO, TOI, HEIN ?
JE NE VOIS PAS POURQUOI JE ME FATIGUERAIS PUISQUE TU LE FAIS À MA PLACE !
ILS SE MOQUENT DES FILLES QUI TRAVAILLENT BIEN
OH L'AUTRE, ELLE A EU 20/20, TROP LA HONTE !
T'AS RAISON, C'EST BEAUCOUP MIEUX D'AVOIR ZÉRO COMME TOI !
EN FAIT, LES GARÇONS SE MOQUENT DES FILLES... PARCE QUE CE SONT DES FILLES
N'EMPÊCHE QU'ILS SONT TOUJOURS À NOUS COURIR APRÈS !
NE TE MOQUE PAS, S'IL TE PLAÎT !

PARTAGE

AVEC CERTAINS GARÇONS, ON PEUT PARTAGER PLEIN DE CHOSES
CE QUE J'ADORE, AVEC ALEXIS, C'EST QU'ON PEUT PARLER DE TOUT...
SI JE LUI PARLE DE MODE, IL AIME LES MÊMES FRINGUES QUE MOI...
POUR LES COURS, IL AIME LES MÊMES MATIÈRES QUE MOI...
QUAND JE VAIS CHEZ LE COIFFEUR, IL A TOUJOURS DE BONS CONSEILS À ME DONNER...
IL S'EST INSCRIT DANS MON CLUB DE SPORT...
JE PEUX LUI RACONTER MES PETITS SECRETS PENDANT DES HEURES, IL EST TOUJOURS À MON ÉCOUTE...
JE PEUX L'APPELER À N'IMPORTE QUELLE HEURE DU JOUR OU DE LA NUIT, IL EST TOUJOURS PRÉSENT...
IL EST VRAIMENT FORMIDABLE...
JE CROIS SURTOUT QU'IL EST FORMIDABLEMENT AMOUREUX DE TOI !
AH BON, TU CROIS ?

PLEURER

DEPUIS TOUJOURS, ON DIT QUE LES GARÇONS NE DOIVENT PAS PLEURER, MÊME S'ILS SE FONT MAL...
OUH LA LA, ÇA DOIT ÊTRE DOULOUREUX !
NON, JE NE PENSE PAS, IL NE PLEURE MÊME PAS !
... ET MÊME S'ILS SONT MALHEUREUX.
TU PLEURES PARCE QUE TU T'ES FAIT LARGUER ?
NON, IL NE PLEURE PAS, IL EST ENRHUMÉ !
AVANT, QUAND UN GARÇON PLEURAIT, ON LE TRAITAIT DE FILLE
ARRÊTE DE PLEURER, ON DIRAIT TA SŒUR !
TU TROUVES QUE JE LUI RESSEMBLE ? MERCI POUR MOI !
PARFOIS MÊME, ON LES GRONDAIT
SI TU PLEURES, JE TE FILE UNE FESSÉE !
SI TU LUI DONNES UNE FESSÉE, IL VA ENCORE PLUS PLEURER.
JE LUI REDONNERAI UNE AUTRE FESSÉE !
EH BEN, ON N'EST PAS SORTIS DE L'AUBERGE !
MAIS AUJOURD'HUI, C'EST FINI : LES GARÇONS ONT LE DROIT D'AVOIR DES FAIBLESSES...
TU PEUX PLEURER, TU SAIS, JE COMPRENDRAIS...
JE NE VAIS PAS PLEURER PARCE QUE J'AI PERDU MA GOMME !
ET ALORS, IL N'Y A PAS DE HONTE !
ILS ONT LE DROIT D'EXTÉRIORISER LEURS ÉMOTIONS...
IL EST MIGNON, IL EST GENTIL, IL EST SYMPA, POURQUOI TU L'AS QUITTÉ ?
J'AVAIS ENVIE DE LE VOIR PLEURER !
ET ILS FINISSENT MÊME PAR ÊTRE PLUS SENSIBLES QUE LES FILLES !
BONNE IDÉE, JE VAIS FAIRE PAREIL AVEC LE MIEN !
OH OUI, ON VA RIGOLER !

Propreté

ON PEUT RECONNAÎTRE UN GARÇON À L'ODEUR
TIENS, VOILÀ BASILE.
AH OUI ! ET ON DIRAIT QU'IL Y A AUSSI VALENTIN...
IL PARAÎT QU'IL N'Y A QU'UN GARÇON SUR DEUX QUI PREND UNE DOUCHE CHAQUE JOUR
JE NE SUIS PAS ÉCOLO, JE SUIS "ÉCOL'EAU". J'ÉCONOMISE L'EAU.
T'ES AUSSI "ÉCO-SAVON", NON ?
IL Y A TROIS CATÉGORIES DE GARÇONS SALES :
CELUI QUI SE LAVE MAIS QUI PORTE DES HABITS DOUTEUX
CELUI QUI A UNE TENUE IMPECCABLE MAIS QUI NE SE LAVE PAS
CELUI QUI NE SE LAVE PAS ET QUI PORTE DES HABITS SALES.
COMMENT DIRE À UN COPAIN QU'IL EST SALE ?
SYMPA CES PETITES BÊTES QUI SAUTENT !
TU FAIS DE L'ÉLEVAGE OU C'EST POUR TA CONSOMMATION PERSONNELLE ?
ATTENTION : NE T'APPROCHE PAS D'UN GARÇON QUI SENT MAUVAIS À MOINS DE VINGT MÈTRES.
JE VAIS AU 18E ÉTAGE, ET TOI ?
MOI AUSSI... MAIS JE VAIS DESCENDRE AU 1ER, JE FINIRAI À PIED.
UN GARÇON QUI PUE, ÇA A AU MOINS UN AVANTAGE : TU SAURAS TOUJOURS QUOI LUI FAIRE COMME CADEAU.
JE NE SAVAIS PAS QUE ÇA EXISTAIT DES SI GROS SAVONS ?!
JE L'AI FAIT FABRIQUER SPÉCIALEMENT POUR TOI !
SAVON

PUBERTÉ

LA PUBERTÉ N'ARRIVE PAS AU MÊME ÂGE POUR CHAQUE GARÇON.
POURQUOI TU ES TOUJOURS AVEC TON PETIT FRÈRE ?
DIS PAS ÇA, IL VA SE VEXER, IL A CINQ ANS DE PLUS QUE MOI !
SI TU AIMES LES GARÇONS QUI ONT DE LA BARBE, RENSEIGNE-TOI AVANT...
T'AS QUEL ÂGE, TOI ?
17 ANS.
CAR IL NE FAUT PAS SE FIER AUX APPARENCES.
TU N'AS QUE 12 ANS ?! GLPS !
ON SE RAPPELLE QUAND TU AURAS GRANDI ?
JE FAIS DÉJÀ 1,95 M !
LE PRINCIPAL SIGNE DE LA PUBERTÉ, C'EST ÇA :
AAAARRRGGGLLLL ! J'AI UNE TRONCHE DE CALCULETTE !
MODÈLE 52 TOUCHES AVEC ALGORITHMES ET TOUCHES ALGÈBRE !
LORS DE LA PUBERTÉ, LES HORMONES DU GARÇON SE RÉVEILLENT...
TU NE VOUDRAIS PAS VENIR CHEZ MOI ?
J'AI PLUS L'ÂGE DE JOUER AU LEGO !
MOI NON PLUS...
ET IL SE MET À PARLER AVEC UNE VOIX BIZARRE.
ALLEZ QUOI, VIENS AVEC MOI, FAIS PAS TA STAR !
LA PUBERTÉ EST ÉGALEMENT APPELÉE L'ÂGE BÊTE.
ON DIT L'ÂGE BÊTE PARCE QU'ON EST POLIE...
SINON, ON DIRAIT PLUTÔT L'ÂGE C...
C'EST ENCORE TROP POLI !

REBELLE

LES GARÇONS, DES FOIS ÇA RACONTE ÇA :
QUELQU'UN D'AUTRE A QUELQUE CHOSE À REDIRE ?
ALORS QU'EN FAIT, IL S'EST PASSÉ ÇA :
LES PIEDS SUR LA BANQUETTE, C'EST 45 EUROS, JEUNE HOMME...
EXCUSEZ-MOI, MONSIEUR LE CONTRÔLEUR, JE NE SAVAIS PAS...
LES GARÇONS ÇA AIME BIEN SE LA JOUER REBELLE
EH OUI, JE SUIS UN VRAI DUR !
ÇA SE VOIT QUE T'ES UN REBELLE, T'AS LA CASQUETTE À L'ENVERS !
METS TON CALEÇON À L'ENVERS, TU SERAS ENCORE PLUS REBELLE !
AH OUI, BONNE IDÉE !
LOOK REBELLE
IL VA À UN ENTERREMENT, JÉRÉMY ?
NON, IL A TROP LA HONTE DU LOOK DE SON PÈRE !
LE VIEUX QUI SE LA JOUE EMINEM, ÇA CRAINT !
REBELLE ATTITUDE
MAXIME, ON NE MET PAS SES PIEDS SUR LA TABLE PENDANT LES COURS !
36x=2y
JE NE SUIS PAS PENDANT LES COURS PUISQUE JE NE VOUS ÉCOUTE PAS !
LE REBELLE REJETTE HAUT ET FORT L'AUTORITÉ (PARENTALE OU AUTRE)
METS LES PATINS, S'IL TE PLAÎT !
LES PATINS ? AH OUI ! JE SENS QU'ON VA PASSER UN MOMENT SUPER-REBELLE !

ROMANTIQUE

UN GARÇON N'AVOUERA JAMAIS QU'IL EST ROMANTIQUE (SURTOUT DEVANT SES COPAINS)
C'EST BIEN DOMMAGE, PARCE QUE NOUS, LES FILLES, ON AIME BIEN...
... LES PRINCES CHARMANTS...
Belle Julie, vous êtes resplendissante en ce matin...
... LES JOLIS POÈMES...
Et nulle autre alentour n'a votre beauté
De vos yeux charmeurs
je me fais un festin
Ils changent mon cœur d'automne
en un si bel été
... LES RENDEZ-VOUS AU CLAIR DE LUNE...
OH, UNE ÉTOILE FILANTE !
JE L'AI VOULUE POUR TOI... FAIS UN VŒU...
... LE DOUX CHANT DES VIOLONS...
QUELLE MUSIQUE MERVEILLEUSE...
JE L'AI COMPOSÉE POUR TOI...
... ET LES BOUQUETS DE FLEURS !
QUELLES FLEURS MAGNIFIQUES !
JE LES AI CUEILLIES POUR TOI...
ON RÊVE, MADEMOISELLE JULIE ?
PAF
HEIN ? QUOI ? QUELLE HEURE EST-IL ? OÙ SONT MES FLEURS ?

Soirée

LES SOIRÉES GARÇONS N'ONT RIEN À VOIR AVEC LES SOIRÉES FILLES
AH BON ?! ILS NE PARLENT PAS SHOPPING, GARÇONS ET ONGLES CASSÉS ?
ILS PARLENT DE FILLES
JEANNE A SOUTIEN-GORGE JAUNE ET JULIE UN ROUGE.
COMMENT TU LE SAIS ?
J'AI MATÉ PAR LA FENÊTRE DU VESTIAIRE !
ILS REGARDENT DES FILMS DÉBILES
ON SE FAIT UN FILM INTELLO POUR CHANGER ?
OUAIS COOL ! AMERICAN PIE 12 PAR EXEMPLE ?
ILS MANGENT N'IMPORTE QUOI
FRITES-CRÈME DE MARRONS OU PÂTES À LA CONFITURE ?
ON N'EST PAS AU RÉGIME, METS-NOUS LES DEUX !
MÉLANGÉS !
ILS DISENT DES COCHONNERIES
MOI, ELLE EST GRANDE COMME ÇA !
C'EST TOUT ? MOI ELLE FAIT AU MOINS LE DOUBLE !
MENTEUR !
ILS SE LAISSENT ALLER
ÉCOUTEZ CELUI-LÀ COMME IL EST BEAU !
OH LA CLASSE ! ATTENDS, JE VAIS FAIRE PLUS FORT !
PROUT
ÇA Y EST, T'AS FINI DE ME RACONTER TON FILM D'HORREUR ? TU DEVAIS ME PARLER DES SOIRÉES GARÇONS.
C'EST ÇA UNE SOIRÉE GARÇONS. UN FILM D'HORREUR, C'EST BEAUCOUP MOINS RÉPUGNANT !

SPORTS

LES GARÇONS AIMENT LES SPORTS DE BALLON ROND
QUEL BUT !
LES SPORTS DE BALLON OVALE
QUEL MATCH !
LES SPORTS DE GLISSE (SUR SOL FERME)
QUELLE DESCENTE !
LES SPORTS DE GLISSE (SUR SOL LIQUIDE)
QUELLE VAGUE BLOUB BLOUB BLOUB !
LES SPORTS DE BAGARRE
QUELLE DROITE !
LES SPORTS DE LA TÉLÉ
QUEL NUL !
LES SPORTS DE RIEN
QUEL CONFORT !
ET ILS AIMENT AUSSI LES SPORTIVES !
QUELS CASSE-PIEDS !

Susceptible

TÊTU

SI ON ALLAIT À LA PATINOIRE ?
OH NON, J'AI PLUTÔT ENVIE D'ALLER AU CINÉMA...
ON Y EST ALLÉS SAMEDI AU CINÉMA.. LA PATINOIRE ÇA VA NOUS CHANGER...
J'AI PAS ENVIE DE CHANGER, J'AIME BIEN LE CINÉMA...
MOI AUSSI J'AIME BIEN LE CINÉMA, MAIS LA PATINOIRE C'EST SYMPA, Y A PLEIN DE MONDE.
AU CINÉMA AUSSI, IL Y A PLEIN DE MONDE !
ÇA NOUS FERA DU BIEN DE NOUS REMUER UN PEU, ON S'ENCROÛTE !
NOTRE CERVEAU AUSSI, IL S'ENCROÛTE, RIEN DE TEL QUE LE CINÉMA POUR LE REMUER !
ALLEZ, FAIS-MOI PLAISIR, ON VA À LA PATINOIRE !
ALLEZ, FAIS-MOI PLAISIR, ON VA AU CINÉMA !
J'AI UNE IDÉE, SUIS-MOI, FAIS-MOI CONFIANCE !
JE ME DEMANDAIS SI LES GARÇONS ÉTAIENT TÊTUS... EH BIEN J'AI LA RÉPONSE !
ALORS, T'EN PENSES QUOI ?

TIMIDE

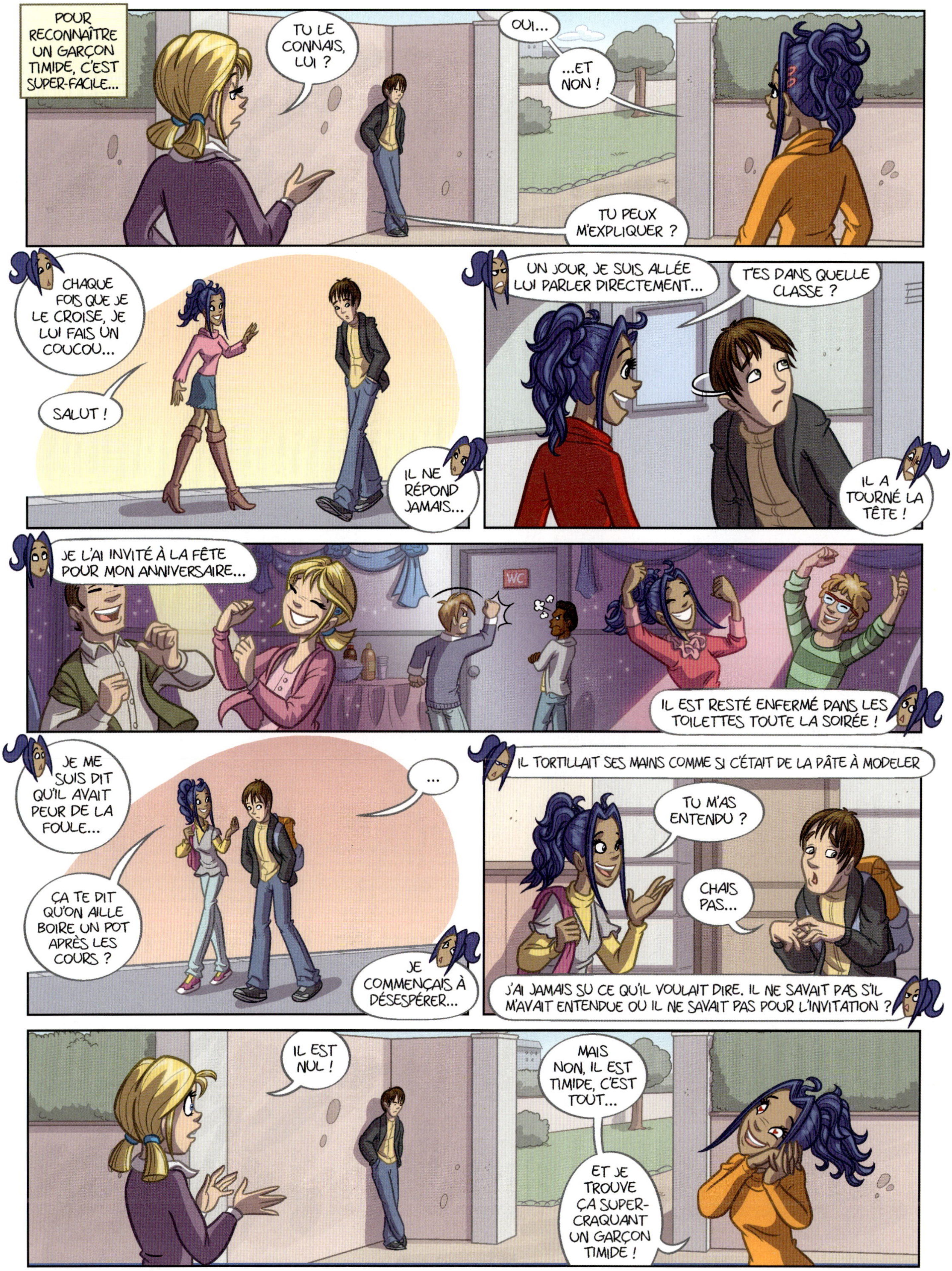

POUR RECONNAÎTRE UN GARÇON TIMIDE, C'EST SUPER-FACILE...
TU LE CONNAIS, LUI ?
OUI...
...ET NON !
TU PEUX M'EXPLIQUER ?
CHAQUE FOIS QUE JE LE CROISE, JE LUI FAIS UN COUCOU...
SALUT !
IL NE RÉPOND JAMAIS...
UN JOUR, JE SUIS ALLÉE LUI PARLER DIRECTEMENT...
T'ES DANS QUELLE CLASSE ?
IL A TOURNÉ LA TÊTE !
JE L'AI INVITÉ À LA FÊTE POUR MON ANNIVERSAIRE...
WC
IL EST RESTÉ ENFERMÉ DANS LES TOILETTES TOUTE LA SOIRÉE !
JE ME SUIS DIT QU'IL AVAIT PEUR DE LA FOULE...
ÇA TE DIT QU'ON AILLE BOIRE UN POT APRÈS LES COURS ?
...
JE COMMENÇAIS À DÉSESPÉRER...
IL TORTILLAIT SES MAINS COMME SI C'ÉTAIT DE LA PÂTE À MODELER
TU M'AS ENTENDU ?
CHAIS PAS...
J'AI JAMAIS SU CE QU'IL VOULAIT DIRE. IL NE SAVAIT PAS S'IL M'AVAIT ENTENDUE OU IL NE SAVAIT PAS POUR L'INVITATION ?
IL EST NUL !
MAIS NON, IL EST TIMIDE, C'EST TOUT...
ET JE TROUVE ÇA SUPER-CRAQUANT UN GARÇON TIMIDE !

VOITURE

ÇA NE S'EXPLIQUE PAS, C'EST COMME ÇA, LES GARÇONS SONT TRÈS ATTIRÉS PAR LES VOITURES.
ÇA C'EST DE LA BAGNOLE !
JE VEUX LA MÊME EN ROUGE.
OUH OUH, JE SUIS LÀ, OUH OUH !
AU MILIEU D'UNE CONVERSATION, FAITES L'EXPÉRIENCE DE LÂCHER INNOCEMMENT QUELQUES MOTS COMME :
300 KM/H !
POT D'ÉCHAPPEMENT !
V6 TURBO !
BLA BLA BLA BLA BLA BLA BLA BLA BLA BLA BLA
LE RÉSULTAT NE SE FAIT PAS ATTENDRE. EN MOINS DE 5 MINUTES.
T'AS VU LA NOUVELLE CARROSSERIE DE LA 358 XGL ?
ON ROULAIT PEINARD SUR LA FILE DE DROITE QUAND SOUDAIN...
PLUS DE MILLE KM AVEC UN PLEIN !
LE GARÇON PENSE VOITURE, RESPIRE VOITURE, VIT VOITURE
JE VAIS TE DIRE, MOI, EN BAGNOLE, FAUT PAS ME CHERCHER !
T'AS TON PERMIS ?
NON, MAIS JE SUIS PASSAGER, C'EST PAREIL.
GRÂCE AUX VOITURES, LES GARÇONS, C'EST TOUJOURS DANS LA POCHE.
ON SE VOIT CE WEEK-END ?
NON, J'AI PAS LE TEMPS !
DOMMAGE, J'AI DEUX ENTRÉES POUR LE SALON DE L'AUTO...
POURQUOI EST-CE QUE LES GARÇONS AIMENT LES VOITURES ? ÇA NE S'EXPLIQUE PAS, C'EST COMME ÇA !
T'AS VU LES GONZESSES ?!
SUPER BIEN CARROSSÉES !
EN FAIT, CE N'EST PAS TOUT À FAIT VRAI, LES GARÇONS N'AIMENT PAS TOUS LES VOITURES...
IL Y EN A QUI PRÉFÈRENT LE FOOT !

VULGARITÉ

LES GARÇONS, QUAND ILS SONT PETITS, NE SAVENT PAS CE QUE C'EST QUE LA VULGARITÉ (LES PETITES FILLES NON PLUS, D'AILLEURS)
CACA !
PIPI !
PROUT !
ILS SONT MIGNONS...
MAIS IL NE FAUT PAS QUE ÇA DURE TROP LONGTEMPS
CACA !
PIPI !
PROUT !
ILS SONT MIGNONS...
EN DISANT DES GROS MOTS, LE GARÇON A L'IMPRESSION D'ÊTRE ADULTE.
QU'EST-CE QU'IL A DIT ?
COMMENT VEUX-TU QUE JE TRADUISE, IL ARTICULE MAL DES MOTS QUE JE NE CONNAIS PAS ?!
QUEL QUE SOIT LE SUJET, IL A SES PROPRES MOTS (« PROPRES », C'EST UNE FAÇON DE PARLER...). QUAND IL CROISE UNE JOLIE FILLE, IL NE DIT PAS « CETTE FILLE EST VRAIMENT RAVISSANTE... »
IL DIT :
TROP BONNE, C'TE MEUF !
QUAND IL ÉCOUTE DE LA MUSIQUE, IL NE DIT PAS : « QUELLE MÉLODIE, J'EN SUIS TOUT CHAMBOULÉ »
IL DIT :
ELLE DÉCHIRE TROP CETTE ZIKMU ! C'EST MORTEL !
ET QUAND ON L'EMBÊTE, IL NE DIT CERTAINEMENT PAS : « ARRÊTE DE M'ENNUYER, TU M'AGACES À LA FIN ! »
IL DIT :
'TAIN ! TU ME LÂCHES, FAIT IECH !
LES FILLES AIMENT-ELLES CE GENRE DE LANGAGE FLEURI ?
T'ES GRAVE, TOI ! J'SUIS TROP VÉNÈRE DES NULLOS QUI TCHATCHENT COMME ÇA !

Zoo

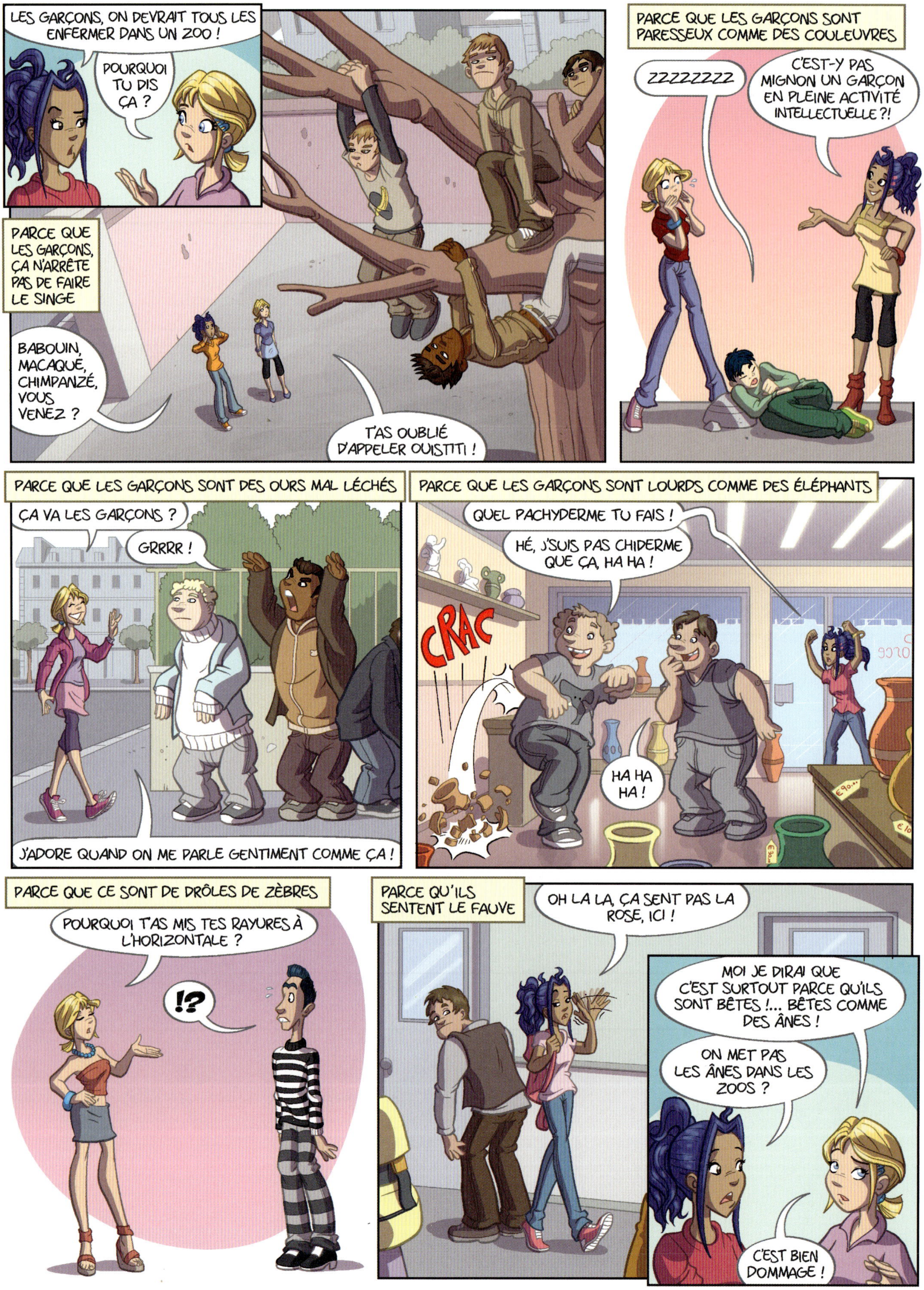

LES GARÇONS, ON DEVRAIT TOUS LES ENFERMER DANS UN ZOO !
POURQUOI TU DIS ÇA ?
PARCE QUE LES GARÇONS, ÇA N'ARRÊTE PAS DE FAIRE LE SINGE
BABOUIN, MACAQUE, CHIMPANZÉ, VOUS VENEZ ?
T'AS OUBLIÉ D'APPELER OUISTITI !
PARCE QUE LES GARÇONS SONT PARESSEUX COMME DES COULEUVRES
ZZZZZZZZ
C'EST-Y PAS MIGNON UN GARÇON EN PLEINE ACTIVITÉ INTELLECTUELLE ?!
PARCE QUE LES GARÇONS SONT DES OURS MAL LÉCHÉS
ÇA VA LES GARÇONS ?
GRRRR !
J'ADORE QUAND ON ME PARLE GENTIMENT COMME ÇA !
PARCE QUE LES GARÇONS SONT LOURDS COMME DES ÉLÉPHANTS
QUEL PACHYDERME TU FAIS !
HÉ, J'SUIS PAS CHIDERME QUE ÇA, HA HA !
CRAC
HA HA HA !
PARCE QUE CE SONT DE DRÔLES DE ZÈBRES
POURQUOI T'AS MIS TES RAYURES À L'HORIZONTALE ?
!?
PARCE QU'ILS SENTENT LE FAUVE
OH LA LA, ÇA SENT PAS LA ROSE, ICI !
MOI JE DIRAI QUE C'EST SURTOUT PARCE QU'ILS SONT BÊTES !... BÊTES COMME DES ÂNES !
ON MET PAS LES ÂNES DANS LES ZOOS ?
C'EST BIEN DOMMAGE !

Également aux éditions Jungle :

Les Simpson :

Totally Spies :

Secrets de Girlz :

Danse ! :

JUNGLE!

Miss JUNGLE!

LES GARÇONS
Jérôme
AMI
CINÉMA
CONVERSATION
HUMOUR
PROPRETÉ
Benjamin
BARBE
FRIME
MÉTIERS
MIROIR
VOITURE
Maxime
BANDE
DANSE
DRAGUEUR
LANGAGE
LOOK
REBELLE
Jérémy
FILLES
GROUPE
LOISIRS
MOQUEUR
SOIRÉE